炸物神器

氣炸鍋料理(再版)

減油 80% 美味不減分

楊桃美食網

找尋美食的源頭

[目錄]

[CONTENTS]

PART 3 060 家常菜

家常菜不麻煩，利用氣炸鍋更省事，豐富菜色快速就上桌。

PART 4 094 點心宵夜、吐司、甜點

點心教你用氣炸做，創意的花式炸饅頭、深鍋披薩⋯氣炸一樣很美味。

『氣炸鍋的 5 大好處』

好處 1
減油 80% 美味不減分

好處 2
炸、烤、煎一鍋多用

好處 3
瀝除多餘油脂無負擔

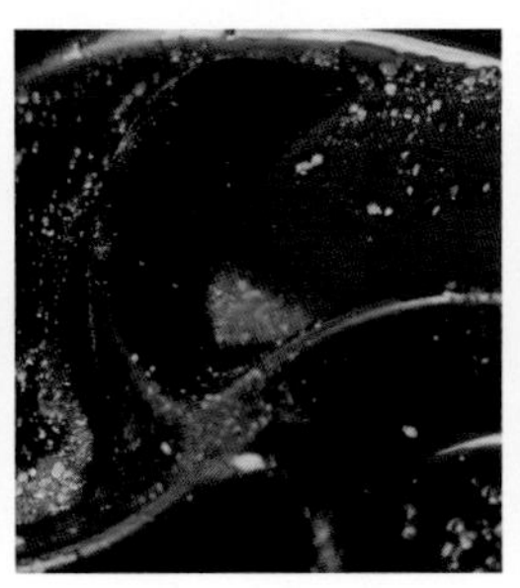

好處 4
免起油鍋做菜更輕鬆

好處 5
少油煙保持廚房清潔

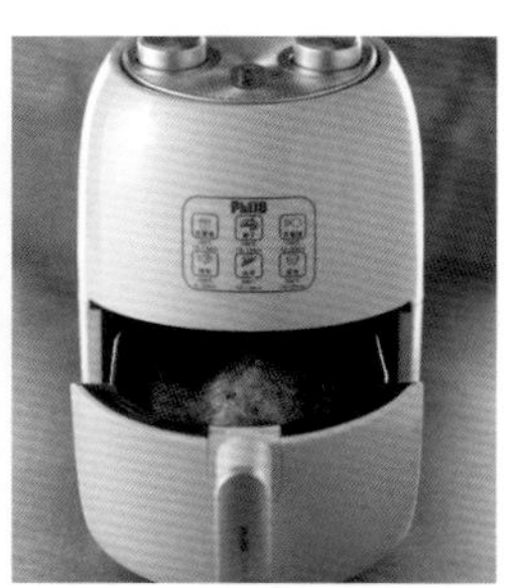

料理新觀念

認識氣炸鍋

許多人抵抗不了炸物的誘惑，但又怕炸物過多的油脂對身體造成負擔；
外食族擔心油品質不佳，起油鍋又嫌麻煩。那用氣炸鍋吧！
一次解決這些煩惱，想吃炸物免起油鍋，更能**少用 80% 的油脂**，
且能做出煎烤烘炸的效果，做菜變得簡單又輕鬆！

『善用配件氣炸更輕鬆』

烘烤鍋

適合用來烹調帶有醬汁或液態料理，一體成形醬汁不外漏，氣炸受熱更均勻，讓你料理方式更多元。不沾塗層不易沾黏食材，清洗更輕鬆。

煎烤盤

孔洞與凹凸鍋面加上不沾塗層，食材不易沾黏，且濾除多餘油脂，少油再少油，吃得無負擔！

蛋糕模

可分離式蛋糕模，脫模更輕鬆方便，除了用來烘烤蛋糕之外，各種烘焙點心、派、披薩都能使用。

雙層串燒架

雙層烤架，搭配燒烤串使用，可上下都運用到，肉串、丸子、點心都能運用，不輸烤箱的好口感。

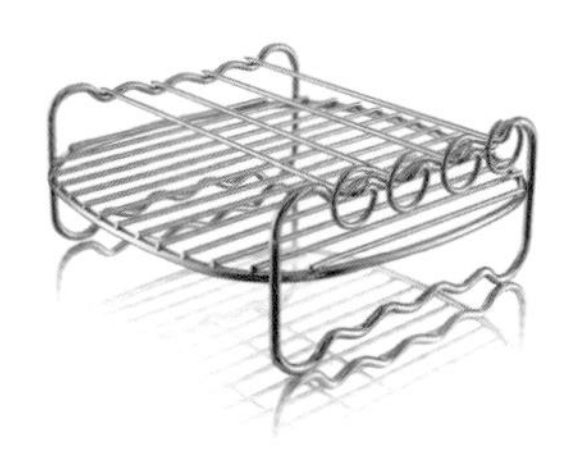

PART 01

氣炸鍋入門

氣炸鍋入門不困難，
從最簡單的冷凍冷藏食品開始，
掌握了時間與溫度，
就能得心應手，
往後面進階料理邁進囉。

醃魚只要一點鹽

魚新鮮，簡單調味就好吃。
料理前簡單撒上一些鹽，均勻塗抹兩面，
不但增添風味，還可以保持魚肉水分不流失，
氣炸好後更水嫩。另外加點酒風味更佳。

跟一大鍋廢油說再見
測油溫時代也過去了

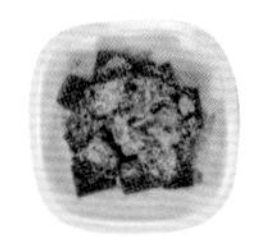

『4 大料理類型比一比』

烘焙
Baking

氣炸鍋也非常適合一些烘焙點心，
像是蛋糕、點心都是可以輕鬆完成。

1. 在氣炸麵糊類糕點時，建議使用蛋糕模、烘烤鍋，或是其他可裝成液體耐高溫的烤模。
2. 麵團、酥皮式點心則煎烤盤、烘烤鍋、蛋糕模都能適用。
3. 避免烘烤會膨脹太高的點心，以免接觸到加熱管發生危險。

適用配件

蛋糕模、烘烤鍋、煎烤盤

煎
Pan-fry

氣炸也能達到類似煎的效果，
更少油且更輕鬆，免看爐火油煙更少。

1. 煎魚超好用，不必再擔心魚皮破裂、頭尾分離的問題，只要放入氣炸鍋一鍵完成。
2. 煎肉排也非常便利，但由於是密閉方式，煎牛排要觀察熟度，記得要中途打開觀察一下。
3. 若要做煎炒效果，可以使用烘烤鍋或錫箔紙，可以保留湯汁、醬汁，氣炸後拌勻就可以。

適用配件

煎烤盤、烘烤鍋

烤
Roast

氣炸其實就有類似旋風烘烤的效果，
因此用來做燒烤料理也非常適合。

1. 塗油步驟基本上還是必要，因為比烤箱空間小，因此加熱效果較集中，沒有塗油表面容易乾柴。
2. 醃漬過的食材一樣可以烹調，加熱管在上方，醬汁會滴入下方集油盆中，比烤箱更方便。
3. 如果不希望烘烤的醬料流失，或想要焗烤效果，建議使用烘烤鍋或用錫箔紙包覆。

適用配件

炸籃、串燒架、烘烤鍋、煎烤盤

炸
Fried

氣炸鍋是非油炸的方式，口感會比
傳統油炸較清爽，食材也不易含油。

1. 在食材表面塗上少許油或噴少許油，可以經過氣炸過程的高溫，讓表面產生類似油炸酥脆的口感。
2. 可在氣炸過程中翻面，這樣可以讓食炸得更均勻。部分品牌有氣旋技術，就可以不翻面達到均勻氣炸效果。
3. 氣炸不適合裹上麵衣、麵糊，會在氣炸過程中分離，但沾裹乾粉或先沾蛋液再裹麵包粉的方式就非常適合。

適用配件

炸籃、烘烤鍋

『氣炸鍋清潔』

買氣炸鍋之前，除了研究機器好不好用之外，相信許多人也會考慮到清潔的問題。氣炸鍋的配件這麼多，光想到清潔問題是否就讓你打退堂鼓？其實清潔一點都不難，只要用對方法，就能讓你用的開心、吃得安心、清潔也輕鬆乾淨！

油網卡油這樣洗

所有配件中，炸籃因為最多網格，所以也最不容易清洗，以下提供 4 種方法，可以根據油汙輕重的狀況選擇適合的清潔方式！

方法 1： 洗泡溫水後再洗淨。

方法 2： 用棕刷和清潔劑刷洗。

方法 3： 細縫可用牙刷刷洗。

方法 4： 頑垢可以用小蘇打 + 醋浸泡一下，更好洗。

內鍋清潔

方法 1： 用海綿和清潔劑輕輕刷洗。

方法 2： 用清水清洗乾淨即可。

加熱管難清？

加熱管是許多人最頭痛的部分，不僅最容易卡油，清潔起來似乎也沒那麼方便。其實清潔的方式大同小異，不需要複雜的步驟，用小蘇打就能輕鬆去油。

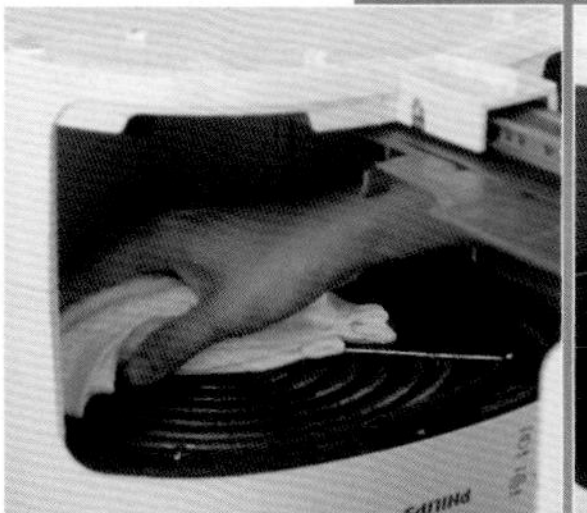

步驟 1： 取出炸籃將氣炸鍋倒置。

步驟 2： 將小蘇打水噴加熱管上及有油汙處。

步驟 3： 靜置 1~2 分鐘。

步驟 4： 用刷子或海綿輕刷加熱管，再擦拭乾淨。

步驟 5： 等待乾燥後即可。

內部清潔

氣炸鍋的內部最好在每次使用後直接以乾淨的抹布稍微擦拭過，就不怕卡油汙、費力清洗。以下提供幾項簡單的清潔步驟，順手清潔就能讓氣炸鍋常保如新。

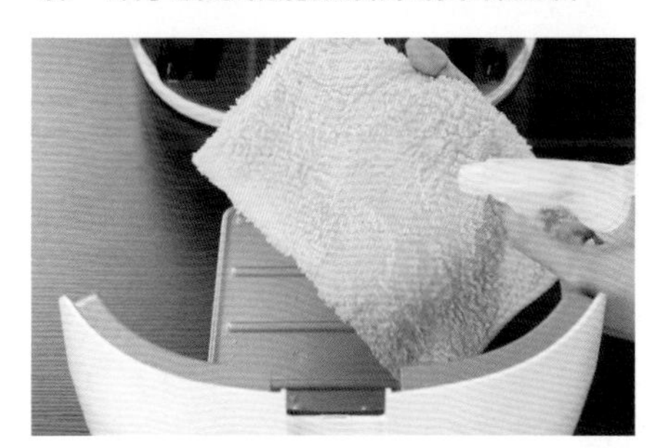

方法 1： 取出內鍋，抹布噴上適量小蘇打水。

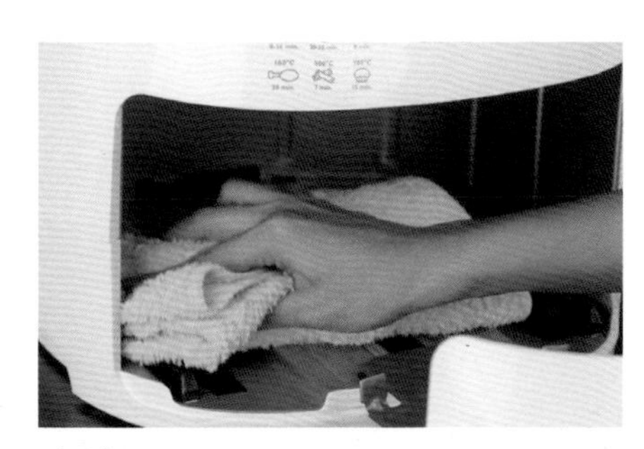

方法 2： 擦拭內部髒污處。

方法 3： 再用乾淨的抹布擦拭乾淨即可。

『油炸氣炸比一比』

氣炸鍋不只是炸鍋，更是家中的小廚房，不僅可以做出媲美油炸的口感，
更可用來烘烤、煎魚等等，解決一般家中料理時最討厭的油煙、油爆問題。

炸肋排

氣炸
溫度200℃/18分鐘
外酥內嫩不包油

油炸
溫度160℃/10分鐘
較油膩、耗油多

炸銀絲卷

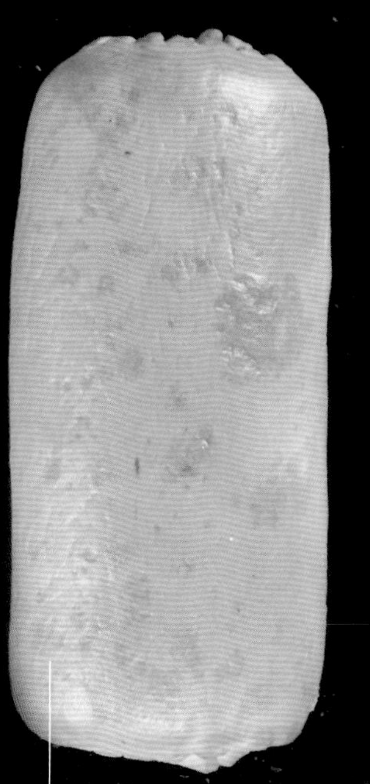

氣炸
溫度200℃/3分鐘
不油膩，色澤均勻漂亮

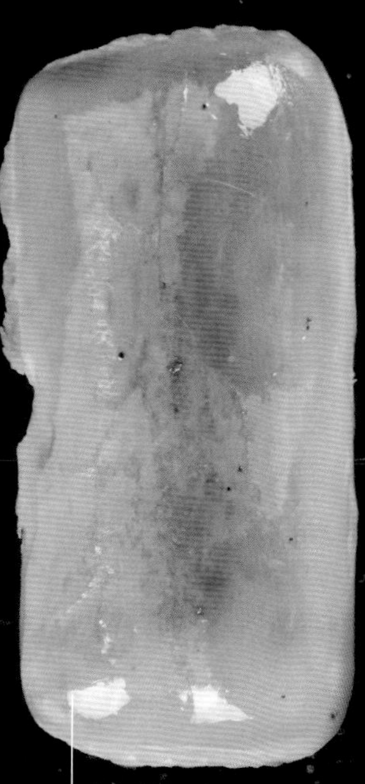

油炸
溫度160℃/3分鐘
過度吸油且易焦

炸香腸

氣炸
溫度180℃/8分鐘
較不油膩
同時保有肉汁

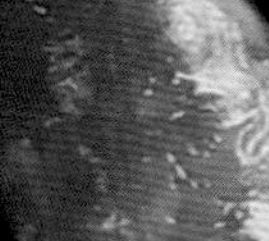

油炸
溫度120℃/12分鐘
溫度不均，
表面較乾且易焦

炸魚、煎魚

氣炸
溫度200℃/10分鐘
不噴油、不易油爆

油炸
溫度180℃/6分鐘
油耗多、易焦易油爆

炸肉丸
氣炸
溫度180℃/20分鐘
外型完整不易裂
油炸
溫度140℃/
10分鐘
表面易焦、易
裂，內部不易熟
炸雞塊
氣炸
溫度180℃/10分鐘
不用顧火，不易燒焦
油炸
溫度160℃/5分鐘
易燒焦、較油膩

效果比一比

有時候買了炸雞、薯條回家後沒吃完，隔餐就失去酥脆感了，回炸又會焦黑、油膩；微波雖然會酥脆但卻會變得很硬，失去原本多汁的口感。試試看用氣炸鍋來回炸，你會發現回炸後不僅酥脆、少油而且內部還保有鮮嫩口感唷！

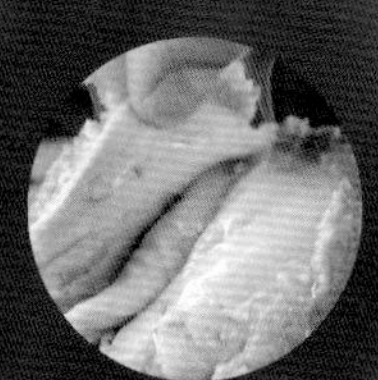

炸雞

溫度：170°C
時間：3 分鐘

炸雞回炸不是太焦就是太柴，微波更是難吃，用氣炸就可以讓雞肉保持鮮嫩唷。

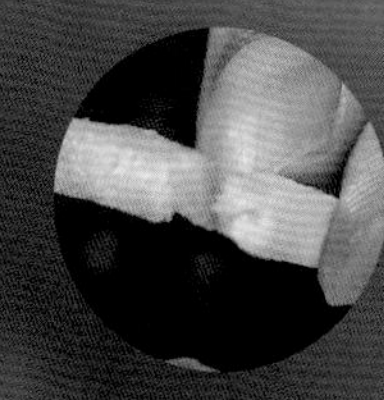

薯條

溫度：170°C
時間：1 分鐘

薯條沒吃完放隔餐一定變軟，用氣炸讓薯條起死回生吧！

微波或油炸

microwave or fried

『連回炸都威力超強』

冷凍冷藏速食品建議時間與溫度

薯條	洋蔥圈	花枝丸
溫度：200°C 時間：9 分鐘	溫度：200°C 時間：5 分鐘	溫度：200°C 時間：15 分鐘

雞塊	冷凍餡餅	豬血糕
溫度：200°C 時間：6 分鐘	溫度：180°C 時間：10 分鐘	溫度：200°C 時間：10 分鐘

雞柳條	冷凍水餃	甜不辣
溫度：200°C 時間：7 分鐘	溫度：180°C 時間：10 分鐘	溫度：180°C 時間：8 分鐘

起司條	餛飩
溫度：200°C 時間：7 分鐘	溫度：170°C 時間：10 分鐘

甜不辣

溫度：170°C
時間：2 分鐘

甜不辣回炸就像橡皮依樣乾韌，氣炸的效果驚人，還是非常 Q 彈唷。

氣炸 Q 彈可口

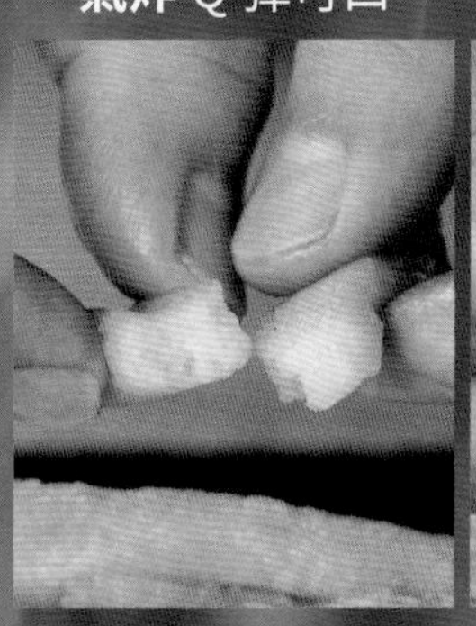

微波 扁而乾韌

氣炸

air fry

外酥內軟超好吃

簡單調味鹽 香料洋蔥鹽

材料：

A 鹽 1 又 1/2 小匙、香蒜粉 1/3 小匙、洋蔥粉 1 小匙、法式綜合香料 1/2 小匙

B 防潮糖粉 1/3 小匙

作法：

材料 A 放入乾鍋中以小火炒香，放置冷卻，再加入防潮糖粉拌勻即可。

01 厚切薯條

材料

馬鈴薯 500 公克
鹽 1/2 茶匙
香蒜粉 1/2 茶匙
紅椒粉 1/4 茶匙
黑胡椒粉 1/4 茶匙
巴西里 1/2 茶匙
玉米粉 1 大匙
橄欖油 1 大匙

作法

1. 馬鈴薯洗淨帶皮切成粗條狀，泡水洗去澱粉雜質（避免變黑）。
2. 將馬鈴薯與其餘材料混和均勻，最後再加一匙橄欖油，放入氣炸鍋中，設定溫度 180℃、15 分鐘，待時間完畢即可食用。

剩飯大變身！
外皮酥脆內餡香軟

02 炸飯糰

材料

白飯 150 公克
燒肉 20 公克
蛋 2 顆
麵包粉 適量
海苔 1 片

作法

1. 蛋打成蛋液備用。
2. 手沾水防止沾黏，取適量米飯放在掌心鋪平，於中心放入 1 匙燒肉，再取適量米飯蓋上。
3. 用掌心搓成圓形後用虎口塑型成三角狀，均勻沾上蛋液，再沾滿麵包粉。
4. 放入氣炸鍋中，表面噴上少許油，設定溫度 180℃、10 分鐘，待時間完畢即可搭配海苔一同食用。

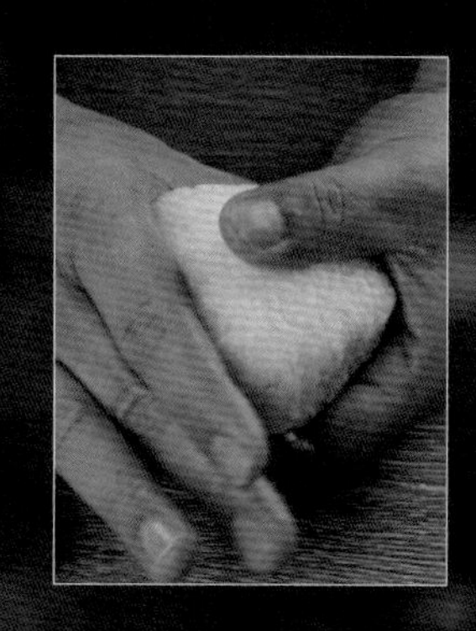

溫度 180℃

時間 10分鐘

海苔片沾上飯粒，比較好黏上飯糰

03 炸餛飩

溫度 170℃

時間 10 分鐘

材料

冷凍餛飩　16 顆

作法

1. 將冷凍餛飩放入氣炸鍋中，表面噴少許油。
2. 設定溫度 170℃、10 分鐘，待時間完畢即可食用。

無油耗味健康0負擔！

氣炸小訣竅

不必解凍直接烤更酥脆。

溫度 180℃

時間 10 分鐘

皮脆內餡又多汁！

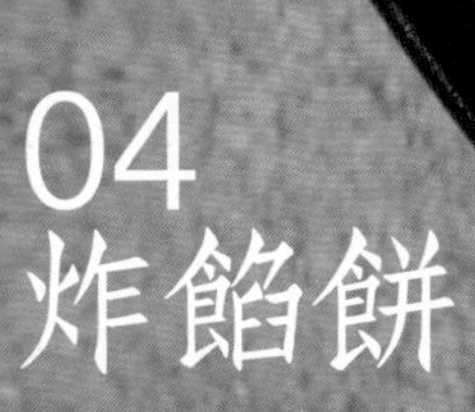

04 炸餡餅

材料

冷凍牛肉餡餅 4 個

作法

1. 將牛肉餡餅放入氣炸鍋中，表面噴少許油。
2. 設定溫度 180℃、10 分鐘，待時間完畢即可食用。

05
脆皮臭豆腐

材料

臭豆腐 4 塊

作法

1. 將臭豆腐 1 大塊切成四小塊，表面噴少許油，放入氣炸鍋中。
2. 設定溫度 200℃、20 分鐘，待時間完畢即可搭配泡菜一起食用。

台式泡菜

材料：

高麗菜 400 公克、紅蘿蔔片 100 公克、鹽 2 茶匙、辣椒 2 根、白醋 50cc、糖 50 公克

作法：

1. 高麗菜切粗段，抓鹽殺青醃漬約 30 分鐘。
2. 用涼開水洗去鹽，並將水分擠乾，再與辣椒段、白醋、糖混合，醃漬約 30分鐘即可食用。（醃漬一夜更入味）

臭豆腐沾醬

材料：

黑醋 30 公克、醬油膏 30 公克、涼開水 30cc、蒜泥 2 大匙、糖 1 大匙

作法：

將所有材料混合均勻即為沾醬。

溫度 200℃
時間 20 分鐘

酥香脆！
“臭”得好美味

溫度 180℃

時間 10 分鐘

素食菜多油炸　用氣炸鍋最好

06 炸三色豆包捲

材料

豆包 4 片
金針菇 適量
紅蘿蔔 適量
四季豆 適量

作法

1. 將金針菇、紅蘿蔔、四季豆汆燙備用。
2. 豆包中間剪開攤成長形，取適量金針菇、紅蘿蔔、四季豆一同捲起，表面噴少許油。
3. 設定溫度 180℃、10 分鐘，待時間完畢即可食用。

減油兼具美味，黃金酥脆不油膩

溫度 180℃
時間 8 分鐘

07
炸酥皮熱狗捲

材料

酥皮 4 片
熱狗 8 條
雞蛋 1 顆

作法

❶ 雞蛋打成蛋液備用。
❷ 酥皮對切成一半，取一半酥皮將熱狗捲起，表面刷上蛋液，放入氣炸鍋中，設定溫度 180℃、8 分鐘，待時間完畢即可食用。

PART 02

餐廳菜、知名小吃

餐廳菜中常出現一些炸物，
但利用油炸的方式，
含油量大又油膩，
自己做不妨用氣炸，
不但保留口感還清爽無負擔。

雞排與沾粉的親密關係

雞排的靈魂就在外面裹上的那層麵衣，
最簡單的莫過於醃好後，簡單裹上地瓜粉，
這樣炸起來就有香酥脆的好口感。

高效能油切
雞排大口吃0負擔

溫度 200℃
時間 10 分鐘

08 夜市大雞排

材料
雞胸肉 400 公克
地瓜粉 適量

醃雞材料
蒜泥 30 公克
醬油膏 2 大匙
糖 1 茶匙
五香粉 1/4 茶匙
白胡椒粉 1/4 茶匙
米酒 1 大匙

作法
1. 雞胸肉對半切，再橫向從中央切一半，與醃雞材料混合抓勻，靜置醃漬約 2 小時。
2. 將醃漬好的雞肉片均勻沾裹地瓜粉，放入氣炸鍋中，表面噴上少許油，設定 200℃氣炸 10 分鐘即可。

氣炸循環熱流
讓麵包更酥脆

09
夜市三明治

麵糊材料

麵粉 60 公克、蛋 1 顆 、水 50ml

材料

熱狗麵包 1 條、麵包粉適量、火腿 1 片、滷蛋 1 顆、美乃滋適量、番茄片適量、小黃瓜適量

作法

1. 將麵糊材料攪拌均勻至無顆粒狀，均勻刷上熱狗麵包，接著均勻沾上麵包粉。（麵包粉可創造出酥脆口感）
2. 把沾裹麵包粉的熱狗麵包放入氣炸鍋，設定 180℃氣炸 15 分鐘。
3. 滷蛋對切、黃瓜切片，麵包內部塗上美乃滋，再依個人喜好放入火腿片、滷蛋與小黃瓜片、番茄片即可。

溫度 180℃
時間 15 分鐘

氣炸受熱均勻 花枝軟嫩不老柴

溫度 200℃
時間 15 分鐘

10 海產店蒜蓉炸花枝

材料

花枝 250 公克、鹽適量 、白胡椒粉適量

醃料

蒜泥 30 公克、鹽 1/4 茶匙 、米酒 1 大匙 、白胡椒粉 1/2 茶匙、地瓜粉 2 大匙

作法

1. 花枝切大塊，表面切花，與醃料抓勻醃漬約 5 分鐘。（最後再加地瓜粉抓勻）
2. 放入氣炸鍋中，表面噴上少許油，設定 200℃氣炸 15 分鐘。
3. 起鍋時撒上白胡椒粉與少許鹽即可。

11 夜市煎牛排

完美7分熟這樣做超簡單

溫度 200℃
時間 10 分鐘

材料
莎朗牛排 16 盎司
（約 450 公克）

醃料
鹽 適量
黑胡椒粉 適量

作法
1. 牛排兩面都撒上醃料，且均勻抹勻。
2. 放入氣炸鍋中，設定 200℃氣炸 10 分鐘。
3. 氣炸完成後再燜 3 分鐘即可。

溫度 160、180 ℃

時間 15、5 分鐘

12 炸牛排

材料

翼板牛排 16 盎司（約 450 公克）
低筋麵粉 適量
蛋液 適量
麵包粉 適量

醃料

鹽 適量
黑胡椒粉 適量

作法

1. 牛排兩面都撒上醃料，且均勻抹勻。
2. 再依序沾上低筋麵粉、蛋液、麵包粉。
3. 表面塗上少許油。
4. 放入氣炸鍋中，設定 160℃氣炸 15 分鐘。
5. 時間到後，再設定 180℃氣炸 5 分鐘即可。

荷葉清香 烤雞香而不膩

溫度 160、180 ℃
時間 8、50 分鐘

13 熱炒店紙包雞

材料
全雞（去頭）1000 公克
荷葉（泡軟）1 張

醃料
醬油 2 大匙
紹興酒 1 大匙
香油 1 大匙
糖 1 茶匙

餡料
蔥絲 50 公克
薑絲 10 公克
筍絲 50 公克
辣椒絲 10 公克
鮮香菇片 50 公克
糖 1 茶匙
醬油 1 大匙
紹興酒 1 大匙

作法
1. 先將稍微壓斷全雞的胸骨。
2. 將醃料均勻塗抹在全雞上，靜置 30 分鐘。
3. 餡料放入氣炸鍋中混合均勻，以 160℃氣炸 8 分鐘。
4. 將餡料塞入雞腹中。
5. 取泡軟的荷葉將全雞包裹起來。
6. 再用烤焙紙將荷葉雞包裹起來。
7. 放入氣炸鍋，以 180℃氣炸 50 分鐘，再燜 10 分鐘。
8. 取出剪開烤焙紙與荷葉即可。

免油氣炸口感鮮脆清爽

14 鹹酥雞攤炸玉米筍

材料

玉米筍 150 公克 、蔥花適量、辣椒丁適量、白胡椒粉適量、鹽適量

作法

1. 將玉米筍放入氣炸鍋中，噴上少許油，設定 200℃氣炸 10 分鐘。
2. 待時間完畢後，倒入蔥花、辣椒丁、白胡椒粉與少許鹽攪拌均勻即可。

溫度 200℃

時間 10 分鐘

15
熱炒店
培根茭白筍

材料

茭白筍　160 公克
培根　30 公克
黑胡椒粉　適量
鹽 少許

作法

1. 茭白筍切滾刀、培根切碎，再將茭白筍放入氣炸鍋，倒入培根碎與黑胡椒，設定 180℃氣炸 15 分鐘。
2. 起鍋後再撒上少許鹽即可。

溫度 180℃
時間 15 分鐘

逼出多餘油份炸蔬菜更爽脆好吃

溫度 180°C
時間 10 分鐘

16
熱炒店金沙蘆筍
氣炸鎖住食材清甜風味

材料

大蘆筍 250 公克
蒜末 15 公克
辣椒末 10 公克
熟鹹鴨蛋 2 顆

作法

1. 熟鹹鴨蛋切碎備用。
2. 蘆筍將根部用削皮器將老皮削除，對半切後放入氣炸鍋，倒入辣椒末、蒜末、鹹鴨蛋碎，攪拌後噴上少許油，將氣炸鍋設定 180℃氣炸 10 分鐘即可。

溫度 200℃
時間 15 分鐘

完美0破皮
不再怕煎魚

17 海產店烤魚

麵糊材料

鮮魚 2 尾
鹽 適量
白胡椒粉 適量

作法

1. 魚兩面均勻抹上鹽與白胡椒粉，稍微醃漬約 5 分鐘。
2. 放入氣炸鍋，設定 200℃氣炸 15 分鐘即可。

皮脆肉嫩又多汁！

溫度 180°C

時間 15 分鐘

氣炸小訣竅

取出後塗上蜂蜜，不但可以讓口感保持軟嫩，風味也更好。

18
蜜汁叉燒

材料

A 梅花肉 300 公克
蜂蜜 適量

B 豆瓣醬 2 大匙
醬油 1 大匙
紅麴醬 1 大匙
紹興酒 2 大匙
細砂糖 6 大匙
五香粉 1/2 茶匙

作法

1. 材料 B 混合均勻成蜜汁醃醬。
2. 梅花肉放入蜜汁醃醬中拌勻，醃漬約 4 小時。
3. 放入氣炸鍋中，設定 180℃，氣炸約 15 分鐘。
4. 完成後塗上蜂蜜切片即可。

氣炸小訣竅

醃料中加入紅麴，氣炸後色澤更漂亮更誘人。

名店口感與風味
輕鬆完成

19
脆皮鴨腿

材料
鴨腿　1支
烏醋　適量

醃料
鹽　2大匙
糖　1大匙
五香粉　1大匙
香蒜粉　1大匙
花椒粉　2茶匙

作法
1. 所有醃料混合均勻成醃料粉。
2. 將醃料粉撒在鴨腿上抹勻，冷藏醃漬約 4 小時。
3. 鴨皮表面沖熱水。
4. 將鴨腿放入氣炸鍋烤盤中，表面抹上烏醋。
5. 放入氣炸鍋中，設定 180℃，氣炸約 25 分鐘即可。

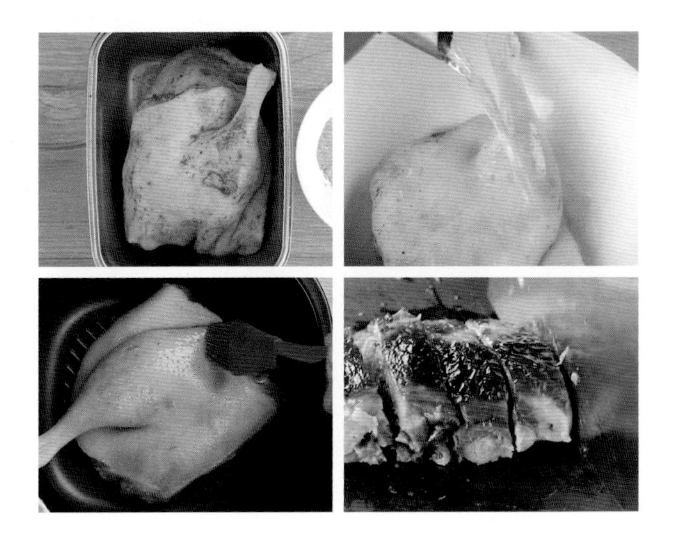

溫度 180℃
時間 15 分鐘

20 蜜汁雞腿

材料

雞腿 2 支
蜜汁醃醬 1 份（作法參考 P.39）
蜂蜜 適量

作法

1. 雞腿放入蜜汁醃醬中，抹勻醃漬約 4 小時。
2. 放入氣炸鍋中，設定 180℃，氣炸 15 分鐘。
3. 氣炸後塗上蜂蜜即可。

油亮鮮嫩
忍不住多吃好幾口

氣炸小訣竅

雞腿氣炸好後再塗蜂蜜，不易焦黑更漂亮。

21 傳統炸排骨

材料

帶骨里肌排（5 片）600 公克
地瓜粉 適量

醃料

A 蒜末 30 公克
薑泥 20 公克
醬油 1 大匙
米酒 2 大匙
水 50 公克
糖 1 大匙
黑胡椒粉 1/2 茶匙
B 低筋麵粉 1 大匙

作法

1. 里肌排斷筋，並將肉拍鬆。
2. 所有醃料 A 混合均勻，放入里肌排抓勻，再加入低筋麵粉再抓勻。
3. 冷藏約 30 分鐘。
4. 里肌排均勻沾裹地瓜粉。
5. 放入氣炸鍋中，表面塗上適量沙拉油。
6. 設定 180℃，氣炸約 15 分鐘。

溫度 180℃
時間 15 分鐘

軟嫩多汁超下飯

氣炸小訣竅

排骨先拍鬆，肉質更軟嫩不硬。

溫度 200℃

時間 30 分鐘

鹹香夠味厚實好過癮

22

脆皮燒肉

材料

帶皮豬五花　600 公克
五香粉　適量
鹽　適量
白胡椒粉　適量
小蘇打粉 1/4 茶匙

作法

1. 取一鍋將水煮滾後，放入小蘇打粉與五花肉，待滾後轉小火續煮 20 分鐘。
2. 在肉側約 1/3 深處劃刀，並撒上鹽、五香粉與白胡椒粉抹勻。
3. 用竹籤或叉子在豬皮上戳洞。
4. 將五花豬肉放入氣炸鍋的烤盤內，將豬皮刷油後設定 200℃，氣炸約 30 分鐘即可。

氣炸小訣竅

表皮戳洞再氣炸，可以讓豬皮的油釋出更多，表皮起泡更酥脆！

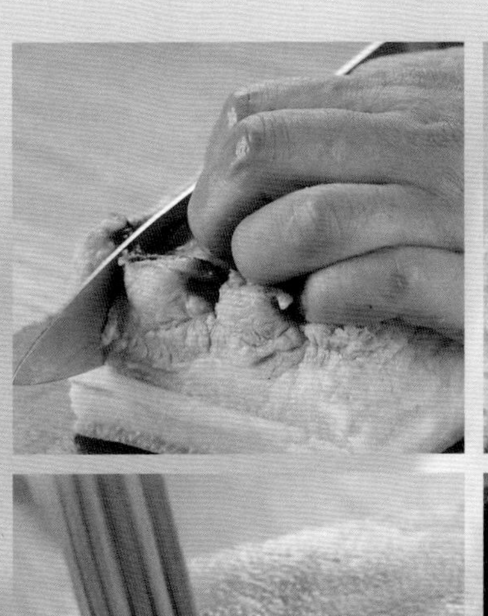

自己做少油紅燒肉

23 炸紅燒肉

溫度 180℃
時間 20 分鐘

材料

豬五花 900 公克、紅麴醬 100 公克、五香粉 1/2 茶匙、蒜泥 2 大匙、鹽 1/2 茶匙、糖 1 茶匙、米酒 2 大匙、地瓜粉適量

作法

1. 將糖、鹽、五香粉、蒜泥、紅麴醬、米酒攪拌均勻後與豬五花抓勻。
2. 放入保鮮盒中醃漬 30 分鐘。
3. 將醃好的豬五花均勻裹上地瓜粉後放入氣炸鍋的烤盤
4. 於表面刷上少許油，設定 180℃，氣炸約 20 分鐘即可。

氣炸小訣竅

醃好後放在保鮮盒內可以存放冰箱 1 週。

溫度 200℃
時間 7 分鐘

豬肝外表酥脆 裏面更鮮嫩

24 嫩炸豬肝

材料

豬肝 600 公克
地瓜粉 適量

醃料

醬油 1 大匙
米酒 1 大匙
鹽 1/4 茶匙
糖 2 茶匙
白胡椒粉 1 茶匙
太白粉 2 大匙

作法

1. 豬肝切約 1 公分厚，再與醃料混合抓勻，略醃 5 分鐘即可。
2. 取另一盒子裝入地瓜粉，再將豬肝一片一片均勻沾滿地瓜粉，依序放入氣炸鍋，表面噴上少許油。
3. 設定 200℃氣炸約 7 分鐘即可。

杏仁香脆不吸油更健康

氣炸小訣竅

斷筋加熱不變形，戳孔肉質更軟嫩。

溫度 180°C

時間 12 分鐘

25 杏仁厚切豬排

材料

里肌肉排 1 片（約 150 公克）
低筋麵粉 適量
雞蛋 適量
杏仁片 適量

醃料

鹽 少許
黑胡椒粉 少許

作法

1. 里肌肉排切斷白色部分的筋，再用叉子將肉戳孔。
2. 里肌肉排兩面都撒上醃料抹勻。
3. 再依序沾裹上低筋麵粉、蛋液、杏仁片。
4. 將里肌肉排放在煎烤盤，再放入氣炸鍋中，表面塗上少許油。
5. 以 180°C氣炸約 12 分鐘即可。

氣炸 vs. 油炸 比一比

許多人抵抗不了炸物的誘惑，怕炸物過度油膩對身體健康有害。

氣炸	油炸
酥脆多汁	油膩乾柴

勝

雞皮酥脆腿肉多汁
溫度 180°C
時間 25 分鐘

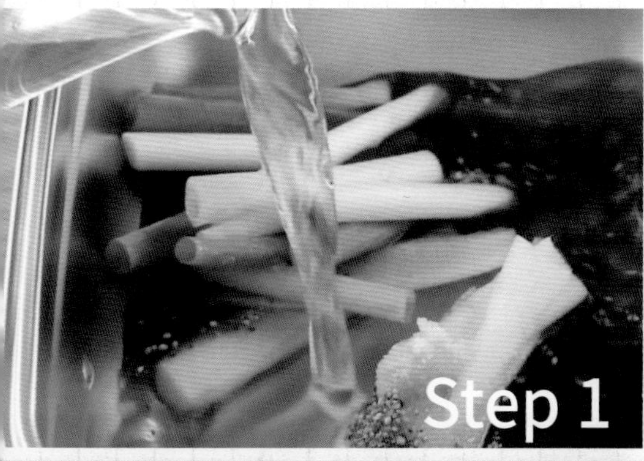

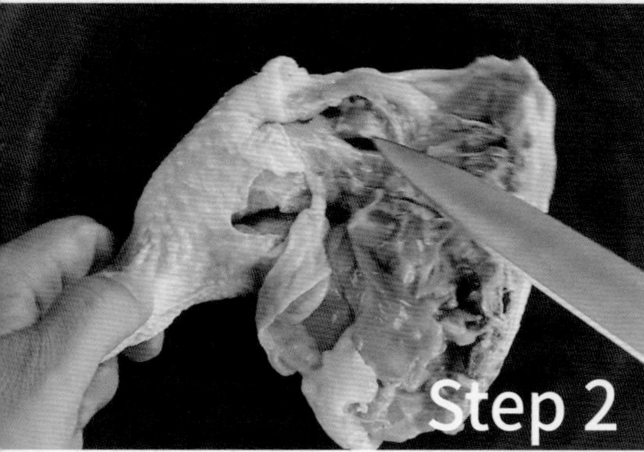

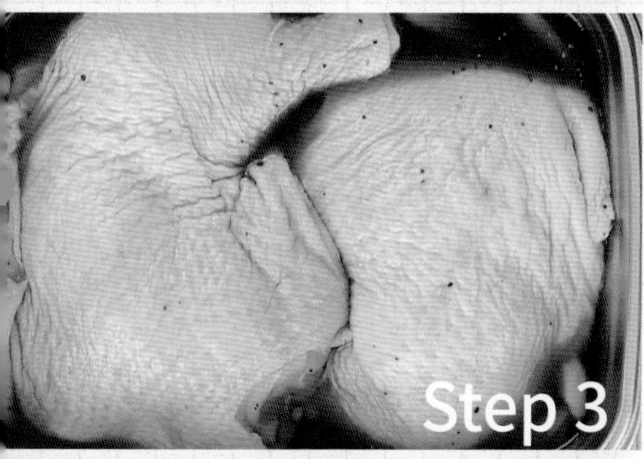

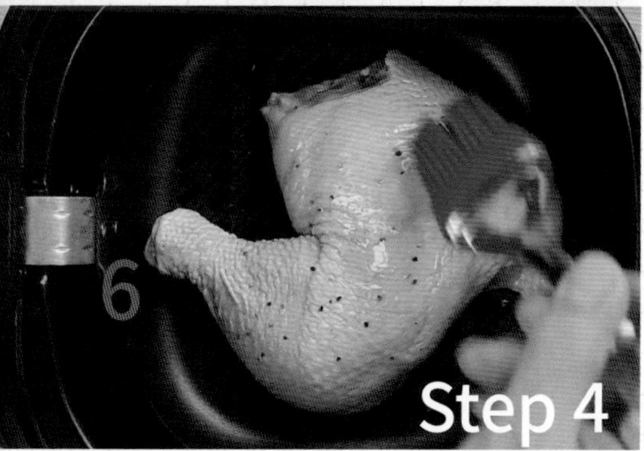

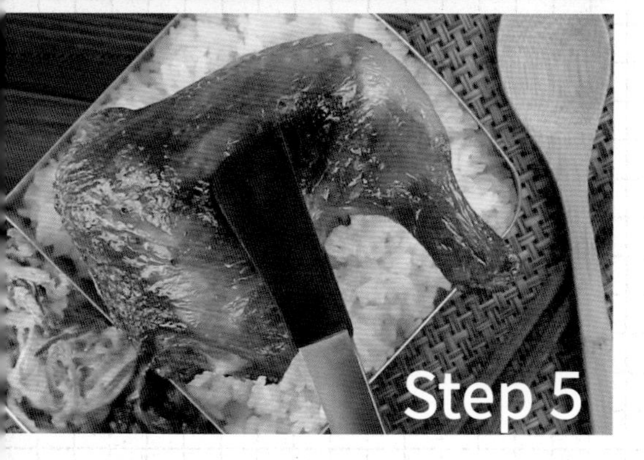

26
傳統炸雞腿

材料

大雞腿 2 支

醃料

蔥段 15 公克
薑片 20 公克
醬油 2 大匙
鹽 1/4 茶匙
糖 1 大匙
米酒 2 大匙
黑胡椒粉 1/2 茶匙
水 150 公克

作法

1. 雞腿內側轉角處劃刀。
2. 所有醃料混合均勻。
3. 雞腿加入醃料抓勻。
4. 冷藏 4 小時。
5. 將雞胸腿放入氣炸鍋中，表面塗上適量沙拉油。
6. 設定 180℃，氣炸約 25 分鐘。

27 蔥爆牛肉

溫度 200℃
時間 13 分鐘

材料

A 牛肉片 250 公克
沙拉油 2 茶匙
蔥段 50 公克
B 太白粉 1 茶匙
醬油 2 茶匙
蛋液 1 大匙
C 蠔油 2 大匙
米酒 1 大匙
辣椒片 1 支
薑絲 10 公克

作法

1. 牛肉片加入材料 B 抓勻，加入沙拉油拌勻。
2. 放入氣炸鍋中，設定 200℃氣炸 10 分鐘，途中打開拌勻。
3. 加入材料 C 拌勻，再加入蔥段拌勻。
4. 設定 200℃氣炸 3 分鐘即可。

少油也可以鮮嫩不柴

不用煸也香酥好吃

28 回鍋肉

材料

A 熟五花肉片 200 公克
蒜苗片 50 公克
B 辣豆瓣醬 1.5 大匙
薑末 5 公克
蒜末 5 公克
醬油 1 茶匙

作法

1. 熟五花肉片放入氣炸鍋中，設定 200℃氣炸 10 分鐘，中途打開拌勻。
2. 先放入辣豆瓣醬拌勻讓肉片吸收醬汁，再放入蒜末、薑末、醬油與蒜苗片拌勻。
3. 設定 180℃氣炸 5 分鐘即可。

溫度 200、180 ℃
時間 10、5 分鐘

29 腐乳雞翅

溫度 180℃
時間 12 分鐘

材料

三節翅 10 支
蒜泥 2 大匙
豆腐乳 3 塊
米酒 2 大匙
辣椒醬 1 大匙

作法

1. 將豆腐乳、蒜泥、辣椒醬、米酒攪拌後與雞翅抓勻醃漬約 30 分鐘。
2. 取氣炸鍋烤架，將 6 隻小腿鋪在底下，放上烤架後再將二節翅放上烤架。
3. 設定 180℃，氣炸約 12 分鐘即可。

濾除多餘油分更爽口

30 香煎鮭魚

溫度 200℃
時間 12 分鐘

材料

鮭魚片　1 片

醃料

鹽　1/2 茶匙
黑胡椒粉　1/4 茶匙

作法

1. 鮭魚片撒上所有醃料抹勻。
2. 將鮭魚片放在煎烤盤，再放入氣炸鍋中。
3. 以 200℃氣炸約 12 分鐘即可。

氣炸小訣竅

鮭魚不塗油利用天然油脂更香更好吃。

下酒菜最佳選擇

31 酥炸魚柳

材料

鱈魚（切條） 300 公克
麵包粉　適量

醃料

雞蛋　1 顆
低筋麵粉　1 大匙
香蒜粉　1 茶匙
鹽　1/4 茶匙
黑胡椒粉　1/4 茶匙

作法

1. 鱈魚條加醃料抓勻。
2. 再將鱈魚條均勻沾上麵包粉。
3. 將鱈魚條放在煎烤盤，再放入氣炸鍋中，表面噴上少許油。
4. 以 180℃氣炸約 12 分鐘即可。

溫度 180℃
時間 12 分鐘

炸魚再也不怕油爆了

32 炸鱈魚

材料

鱈魚片 1片
地瓜粉 適量

醃料

鹽 適量
黑胡椒粉 適量

作法

1. 鱈魚雙面抹上醃料，再沾上地瓜粉。
2. 將鱈魚放入烤盤中，表面抹上適量油，再放入氣炸鍋中。
3. 調整溫度至 200℃，選擇 10 分鐘即可。

溫度 200℃
時間 10 分鐘

氣炸Q彈不乾硬

33 炸小卷

材料

小卷 4尾

醃料

鹽 1/4 茶匙
香蒜粉 1茶匙
紅椒粉 1茶匙
米酒 1大匙
地瓜粉 2大匙
橄欖油 1大匙

作法

1. 醃料混合拌勻，放入小卷拌勻，醃漬約 5 分鐘。
2. 將醃好的小卷放入烤盤中，再放入氣炸鍋。
3. 調整溫度至 200℃，選擇 10 分鐘即可。

溫度 200℃

時間 10 分鐘

鮮甜飽滿
滿滿的海味

34 炸蚵仔酥

材料

鮮蚵 200 公克
地瓜粉 適量

作法

1. 鮮蚵洗淨瀝乾備用。
2. 取另一容器裝入地瓜粉，並將鮮蚵均勻地沾滿地瓜粉，放入氣炸鍋表面噴上少許油。
3. 設定溫度 200℃氣炸約 8 分鐘即可。

溫度 200℃

時間 8 分鐘

35 炸蝦球

材料
蝦仁（開背） 500 公克
太白粉 1 大匙

醃料
蛋白 1 顆
鹽 1/2 茶匙

作法
❶ 蝦仁與所有醃料抓拌均勻。再沾上太白粉。
❷ 將蝦仁放入烤盤中，表面抹上適量油。
❸ 作法 2 放入氣炸鍋中，選擇 200℃，5 分鐘，至時間結束即可。

氣炸小訣竅

炸好的蝦球加上適量的罐頭水果丁、美奶滋拌勻就是好吃的果律蝦球囉

酥脆口感比油炸還好吃

36 揚出豆腐

材料
板豆腐 2 盒
麵粉 適量
雞蛋 2 顆
麵包粉 適量

醬汁
柴魚醬油 2 大匙
蔥花 10 公克
蘿蔔泥 適量

作法
1. 白蘿蔔磨成泥擠乾；豆腐切大塊備用。
2. 將豆腐切塊依序沾勻麵粉、蛋液、麵包粉。
3. 取氣炸鍋烤架，將豆腐塊鋪在底下，放上烤架後再將其餘的豆腐放上烤架。
4. 設定 180℃，氣炸約 12 分鐘。
5. 取出即可沾食混勻的醬汁。

溫度 180℃
時間 12 分鐘

37 九層塔烘蛋 烘蛋少油快速又美味

材料

A 蛋液 7 顆
　蔥花 30 公克
　鹽 1/2 茶匙
　白胡椒粉 1/4 茶匙
　米酒 2 大匙
B 九層塔葉 50 公克

作法

1. 所有材料 A 混合拌勻，再放入九層塔葉拌勻。
2. 不沾烘烤鍋上抹油，倒入作法 1。
3. 將作法 2 放入氣炸鍋中，選擇 160℃，15 分鐘即可。

溫度 160℃
時間 15 分鐘

38 乾煸四季豆

材料

A 四季豆 150 公克
絞肉 50 公克
蔥花 適量

B 蝦米 10 公克
蒜末 10 公克
東菜末 10 公克
辣椒醬 1 茶匙
醬油 1 茶匙
米酒 2 大匙
糖 少許

作法

1. 四季豆放入氣炸鍋中，表面塗上少許油。
2. 設定 200℃氣炸約 10 分鐘。
3. 絞肉、材料 B 拌勻成醬料。
4. 將作法 3 的醬料淋在作法 2 氣炸好的四季豆上。
5. 再設定 200℃氣炸約 8 分鐘。
6. 完成後拌勻撒上蔥花即可。

39 塔香茄子

材料

A 茄子 200 公克
B 九層塔末 10 公克
蠔油 3 大匙
蒜末 15 公克
米酒 1 大匙
糖 1/2 茶匙
辣椒末 10 公克

作法

1. 茄子放入氣炸鍋中，表面塗上少許油。
2. 設定 200℃氣炸 12 分鐘。
3. 將材料 B 混合均勻成醬料。
4. 將作法 2 氣炸好的茄子取出，濾除多餘油份。
5. 放回氣炸鍋中，加入作法 3 的醬汁拌勻。
6. 再設定 200℃氣炸 2 分鐘即可。

溫度 200℃
時間 14 分鐘

超下飯
白飯殺手
溫度 200℃
時間 18 分鐘

PART 03

家常菜

忙了一整天，
懶得再動鍋動鏟做菜了，
家常菜不麻煩，
不過利用氣炸鍋，可以更省事，
超豐富菜色輕鬆又快速就上桌。

烤雞前按摩的必要性

烤雞前醃過是必要的，但單純醃漬還不夠，
加上按摩讓醃料更快入味，讓雞肉口感變更好。

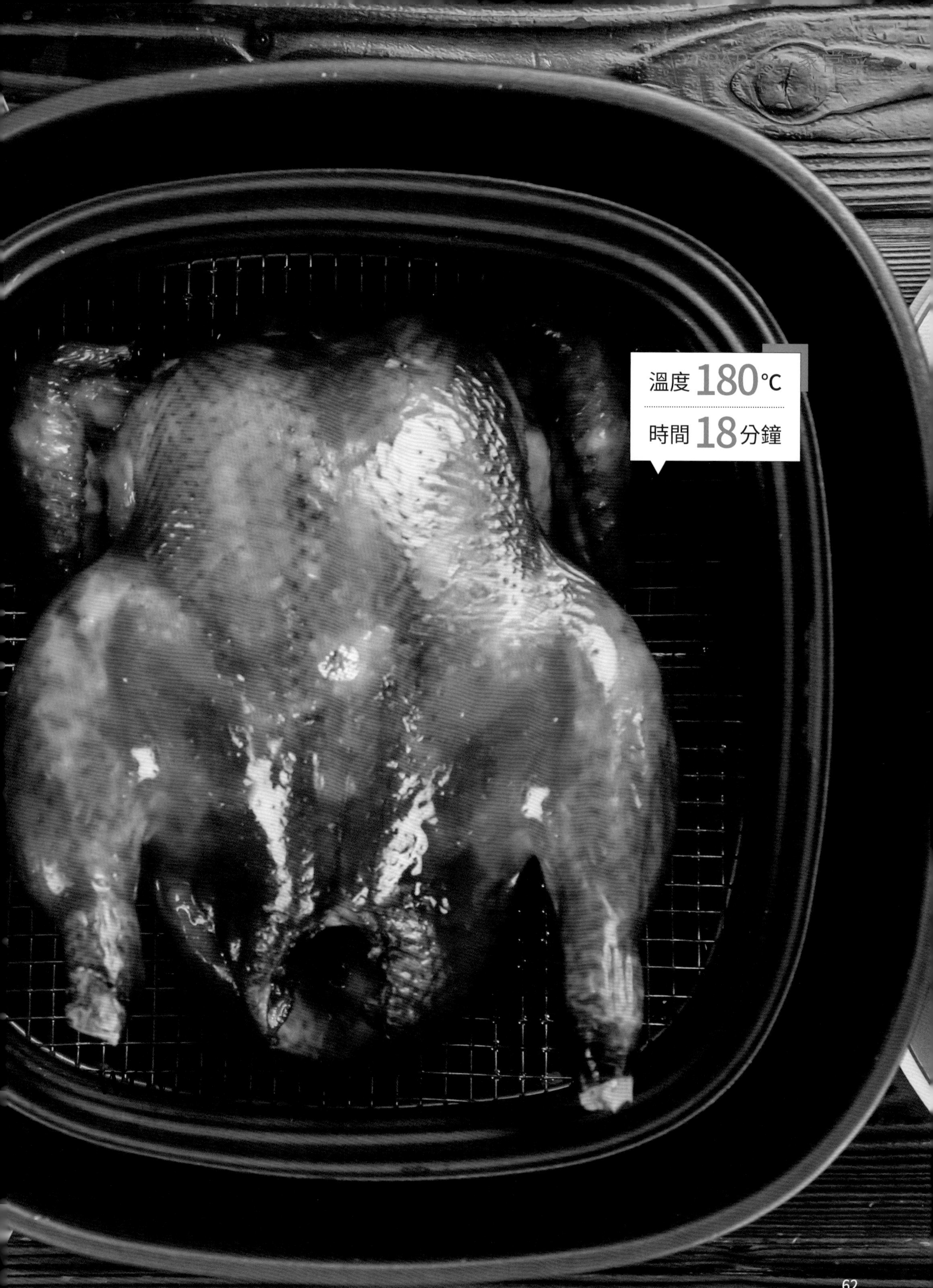

溫度 180°C

時間 18分鐘

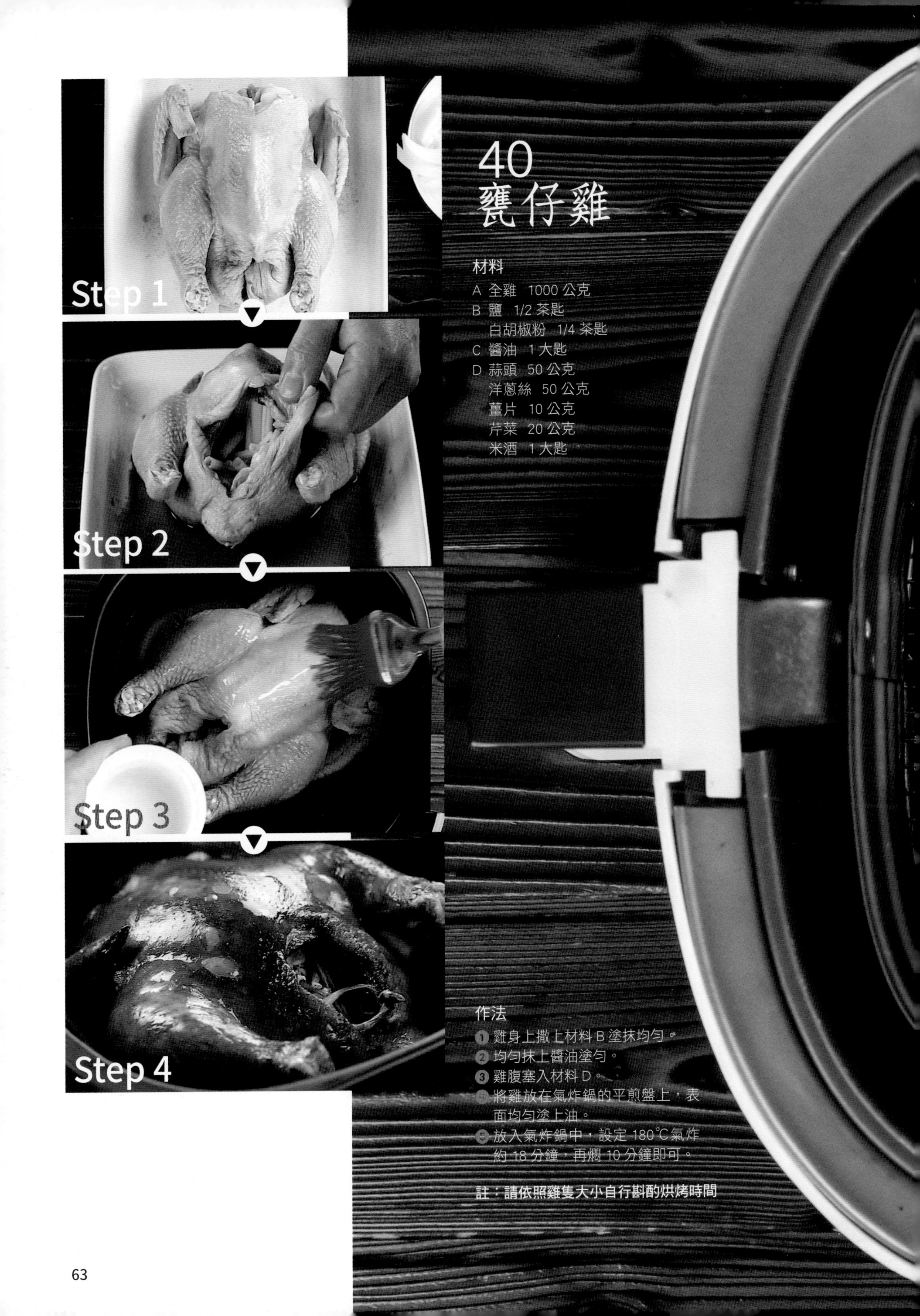

40
甕仔雞

材料

A 全雞　1000 公克
B 鹽　1/2 茶匙
　白胡椒粉　1/4 茶匙
C 醬油　1 大匙
D 蒜頭　50 公克
　洋蔥絲　50 公克
　薑片　10 公克
　芹菜　20 公克
　米酒　1 大匙

作法

1. 雞身上撒上材料 B 塗抹均勻。
2. 均勻抹上醬油塗勻。
3. 雞腹塞入材料 D。
4. 將雞放在氣炸鍋的平煎盤上，表面均勻塗上油。
5. 放入氣炸鍋中，設定 180℃氣炸約 18 分鐘，再燜 10 分鐘即可。

註：請依照雞隻大小自行斟酌烘烤時間

PHILIPS

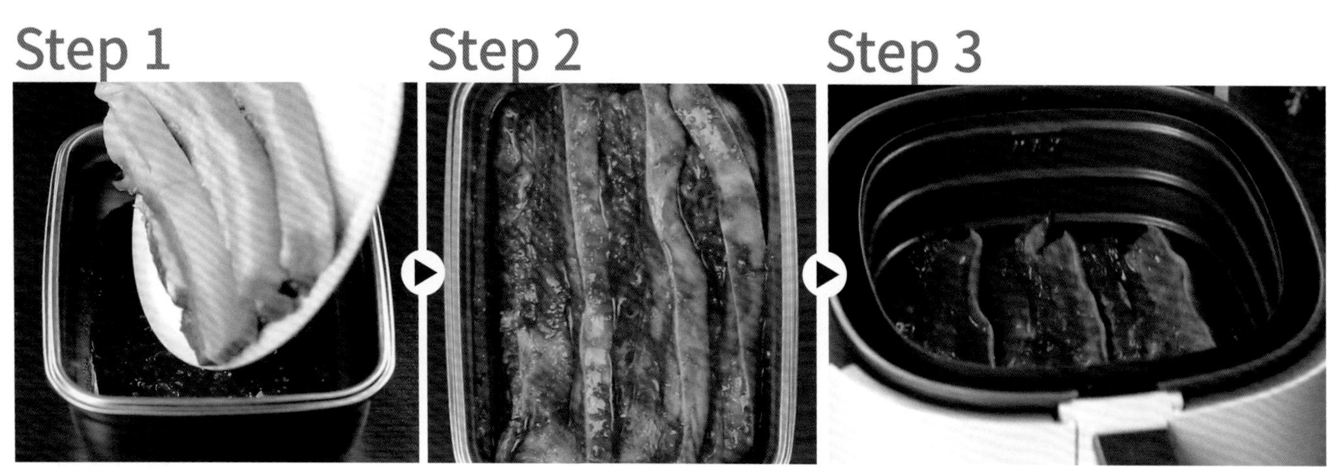
Step 1
Step 2
Step 3

41 腐乳燒肉

溫度 180℃
時間 15 分鐘

材料

豬五花 3 條
(500 公克)
豆腐乳 30 公克
紅麴醬 30 公克
醬油 1 大匙
糖 2 大匙

作法

1. 將醃料抓勻並與五花肉條醃漬至少 30 分鐘。(醃過夜更入味！)
2. 把醃漬好的豬五花肉放入氣炸鍋炸籃中，設定 180℃氣炸約 15 鐘即可。

溫度 170°C
時間 20 分鐘

42 炸洋蔥磚

材料

洋蔥絲 600 公克
酥炸粉 50 公克
香蒜粉 1 茶匙
鹽 1/4 茶匙
黑胡椒粉 1/2 茶匙

作法

1. 洋蔥加香蒜粉、鹽與黑胡椒粉拌勻。
2. 再加入酥炸粉與 2 大匙油拌勻，放入氣炸鍋的烘烤鍋內。
3. 設定 170℃氣炸 20 分鐘即可。

溫度 180℃
時間 10 分鐘

酥香多汁雞抵擋

43 腐乳炸雞

材料

雞腿肉 400 公克
地瓜粉適量

醃料

蒜泥 20 公克
豆腐乳 40 公克
醬油膏 1 大匙
糖 1 茶匙
米酒 1 大匙

作法

1. 雞腿肉切成小塊，與醃料抓勻醃製至少 30 分鐘。（醃過夜更入味！）
2. 再將醃漬好的肉塊均勻沾滿地瓜粉，表面刷上少許油。
3. 放入氣炸鍋中，設定 180℃氣炸約 10 鐘。

溫度 180℃
時間 29 分鐘

比夜市烤的
更香更好吃

44
醬烤玉米

材料

玉米 4 支
市售烤肉醬 適量
帕瑪森起司粉 適量

作法

1. 玉米放入氣炸鍋的炸籃中，表面塗上少許油。
2. 設定 180℃氣炸約 20 分鐘後，打開塗上烤肉醬。
3. 再以 180℃氣炸約 4 分鐘，再塗一次烤肉醬。
4. 最後以 180℃氣炸約 5 分鐘，取出撒上帕馬森起司粉即可。

45 風琴馬鈴薯

材料

褐皮馬鈴薯 3 顆
培根碎 3 片
起司絲 適量

作法

1. 馬鈴薯劃刀但不切斷，放入起炸鍋的煎烤盤上。
   可用筷子輔助可避免切斷
2. 切縫處抹上少許油。
3. 設定 160℃氣炸約 22 分鐘。
4. 再打開撒上培根碎、起司絲。
5. 再設定 180℃氣炸約 3 分鐘即可。

46 炸芋籤

材料

A 芋頭絲 300 公克
B 紅蔥油 2 大匙
　低筋麵粉 1 大匙
　鹽 1/2 茶匙
　糖 1 大匙
　白胡椒粉 少許

作法

1. 芋頭絲加材料 B 拌勻後放入氣炸鍋的烘烤鍋中。
2. 設定 180℃氣炸約 20 分鐘即可。

溫度 180℃
時間 20 分鐘

47
山藥餅

材料

A 紫山藥丁 200 公克
沙拉油 1 大匙

B 低筋麵粉 50 公克
糯米粉 25 公克
泡打粉 1/4 茶匙
鹽 1/4 茶匙
糖 1/2 茶匙
白胡椒粉 少許
水 100ml

作法

1. 先將材料 B 混合均勻，加入材料 A 拌勻成麵糊。
2. 取蛋糕模，倒入作法 1 的麵糊。
3. 放入氣炸鍋中，設定 170℃氣炸約 20 分鐘即可。

餅Q+山藥脆 雙重口感

48
腐乳香菇

材料

鮮香菇 200 公克
地瓜粉適量
香菜適量

醃漬材料

豆腐乳 30 公克
蒜泥 40 公克
糖 1 茶匙
醬油 1 大匙
米酒 1 大匙

作法

1. 香菇與醃漬材料均勻攪拌至吸飽醬汁。
2. 把醃漬好的香菇均勻裹上地瓜粉，放入氣炸鍋內待表面的粉略為反潮。
   反潮炸受熱更均勻上色
3. 香菇表面上刷上少許油，設定 200°C 氣炸約 8 鐘。
4. 起鍋後可依個人喜好撒上香菜碎搭配食用即可。

溫度200°C

時間 8 分鐘

鹹香夠味超好吃!

49炸肉丸

炸肉丸免顧火也不怕焦黑

材料

A 豬絞肉 1000 公克
　鹽 1茶匙
B 醬油 2大匙
　糖 1大匙
　白胡椒粉 1茶匙
　米酒 2大匙
C 吐司 100公克
　水 150cc
　蔥花 30公克
　薑末 30公克
　蛋 1顆

氣炸小訣竅

絞肉中加入泡軟土司，再捏成丸子口感會更軟嫩不柴且多汁。做好的丸子冷凍起來隨時可以拿來變化料理。

作法

1. 吐司浸泡水讓吐司變軟，接著將吐司捏成糊狀。
2. 豬絞肉加入鹽摔打至出黏性，接著加入材料B，混合均勻後再加入吐司糊與其餘材料C攪拌均勻。
3. 用手與虎口整形，捏成自己需要的大小即可。
4. 將肉丸子放入氣炸鍋烤盤，表面刷上少許油，設定溫度180℃，氣炸約10~20分鐘（依肉丸子大小作調整），至時間結束即可。

註：一口大小的肉丸子約氣炸10分鐘；拳頭大小的肉丸子約氣炸20分鐘。

肉丸子料理
變化 1

少油料理
輕鬆無負擔

50
紅燒獅子頭

材料

A 大肉丸子 4 顆
（作法參考 P.74）
B 大白菜 500 公克
醬油 100 公克
薑片 30 公克
水 500cc
米酒 1 大匙
糖 1 大匙

作法

1. 砂鍋中放入薑片、水、糖、醬油與米酒煮至滾。
2. 再放入燙好的大白菜與大肉丸子，以小火煨煮約 15 分鐘至入味即可。

肉丸子料理 變化2

51 照燒丸子

材料

A 小肉丸子 12 顆
（作法參考 P.74）
B 洋蔥絲 150 公克
醬油 2 大匙
味醂 2 大匙
米酒 2 大匙
熟白芝麻 適量

作法

1. 炒鍋加入少許油炒香洋蔥。
2. 加入醬油、味醂與米酒，稍微攪拌後加入肉丸子。
3. 煮至醬汁變濃稠，最後撒上熟白芝麻即可。

紮實Q彈又多汁

肉丸子料理 變化3

酸酸甜甜超開胃

52 糖醋丸子

材料

A 小肉丸子 12 顆
（作法參考 p.74）
B 番茄醬 3 大匙
白醋 3 大匙
糖 3 大匙
水 50cc
彩椒 100 公克
洋蔥片 30 公克

作法

1. 炒鍋內加入少許油炒香洋蔥片。
2. 倒入番茄醬、白醋、糖、水煮滾。
3. 加入彩椒與肉丸子拌炒至滾即可。

溫度 180℃

時間 10 分鐘

53 炸雞

材料

A 雞肉 1000 公克
醬油 2 大匙
蛋 2 顆
鹽 1/4 茶匙
糖 1 大匙
米酒 2 大匙

B 太白粉 100 公克
地瓜粉 適量

作法

1. 雞肉切成小塊，與其他材料 A 抓勻混合，再與太白粉混合醃漬一下。
2. 將醃好的雞塊均勻沾裹地瓜粉，放入氣炸鍋烤盤，表面刷上少許油。
3. 設定溫度 180℃，氣炸約 10 分鐘，至時間結束即可。

炸雞料理
變化1

54 宮保雞丁

材料

A 炸雞塊 300公克
（作法參考P.77）
（作法參考P.77）

B 醬油 2大匙
白醋 1大匙
米酒 2大匙
糖 1大匙
太白粉 2茶匙
水 1大匙

C 蔥段 30公克
蒜末 15公克
宮保 20公克
油炸花生 60公克

作法

1. 先將材料B混合調配成醬汁。
2. 熱鍋，倒入少許油煸香材料C，加入炸雞塊略炒。
3. 再與作法1的醬汁拌勻，最後撒上油炸花生即可。

炸雞料理
變化2

55
左宗棠雞

材料

A 炸雞塊 300 公克
（作法參考 P.77）
B 番茄醬 3 大匙
白醋 2 大匙
醬油 2 大匙
米酒 2 大匙
糖 2 大匙
水 1 大匙
太白粉 1 茶匙
C 辣椒 4 根
蒜末 20 公克

作法

1. 先將材料 B 混合調配成醬汁備用。
2. 熱鍋，倒入少許油煸香辣椒，再加入炸好的炸雞拌炒。
3. 再加入蒜末與作法 1 的醬汁拌勻即可。

鮮嫩下飯不油膩

56
塔香炸雞

炸雞料理
變化3

材料

A 炸雞塊 300 公克
（作法參考 P.77）
九層塔 30 公克
B 醬油膏 3 大匙
黑醋 2 大匙
糖 2 大匙
米酒 2 大匙
C 辣椒 2 根
蔥段 20 公克
蒜片 20 公克
薑絲 20 公克

作法

1. 先將材料 B 混合調配成醬汁。
2. 炒鍋中倒入少許油煸香材料 C，煮滾至醬汁濃稠，加入炸雞塊略炒，最後加入九層塔拌勻即可。

57 椒麻雞

溫度 180℃

時間 15 分鐘

材料

A 雞腿排 4 片
醬油 2 大匙
蒜泥 1 大匙
米酒 1 大匙

B 蒜末 2 大匙
辣椒末 2 大匙
香菜末 2 大匙
醬油 2 大匙
白醋 2 大匙
糖 1.5 大匙
涼開水 50ml

作法

1. 將雞腿內側表面劃刀，易熟又好入味。
2. 將雞腿排與醬油、蒜泥、米酒抓勻醃漬約 30 分鐘。
3. 把雞腿排表皮朝上放入氣炸鍋烤盤，設定 180℃，氣炸約 15 分鐘。
4. 材料 B 混合均勻，淋在氣炸好的雞腿排上即可。

氣炸小訣竅

放在保鮮盒內可以存放冰箱 1 週，想吃隨時有。

58 辣雞翅

材料
雞翅 4支

醃料
鹽 1/4茶匙
黑胡椒粒 1/2茶匙
洋蔥粉 1/2茶匙
紅椒粉 1/2茶匙
橄欖油 1大匙

辣醬汁
美式辣醬 2大匙
辣椒水 1大匙
梅林辣醬油 1大匙
香蒜粉 1大匙
細砂糖 1大匙

作法
1. 將雞翅與醃料拌勻，靜置醃漬約10分鐘。
2. 將雞翅放入烤盤上，再放入氣炸鍋中。
3. 調整溫度至200℃，氣炸約20分鐘。
4. 辣醬汁材料拌勻。
5. 將炸好的雞翅放入辣醬汁中拌勻即可。

溫度200℃
時間20分鐘

經典美式風味好過癮

少油
一樣絲滑順口

59
京醬肉絲

材料

A 肉絲 300 公克
　蔥絲 30 公克
　沙拉油 2 茶匙
B 醬油 1 大匙
　太白粉 2 茶匙
　蛋液 1 大匙
C 甜麵醬 1 大匙
　番茄醬 1 大匙
　糖 1 茶匙
　米酒 1 大匙
　蒜末 15 公克

作法

❶ 肉絲加入材料 B 拌勻，再加入 2 茶匙沙拉油拌勻。
❷ 放入氣炸鍋中，設定 200℃氣炸 15 分鐘即可，途中打開拌勻。
❸ 加入材料 C 拌勻，設定 200℃氣炸 3 分鐘，取出撒上蔥絲即可。

減油不減風味

60糖醋排骨

材料

A 肋排 450公克
鳳梨片 50公克
紅甜椒片 50公克
地瓜粉 適量

B 鹽 1/4茶匙
米酒 2茶匙
蛋液 1大匙
太白粉 1大匙
白胡椒粉 1/4茶匙

C 番茄醬 2大匙
白醋 2大匙
糖 2大匙

作法

1. 肋排加入材料B混合抓勻，再沾地瓜粉。
2. 取氣炸鍋放入濾油烤架，再放入排骨。
3. 設定200℃氣炸20分鐘。
4. 材料C混合成糖醋醬。
5. 取出氣炸好的排骨，濾除多餘油脂，再放回排骨、糖醋醬、鳳梨片與紅甜椒片。
6. 設定200℃氣炸3分鐘即可。

溫度 200℃
時間 23分鐘

61烤牛排 免看火輕鬆做出軟嫩口感

材料

牛排 500 公克
大蒜 1大顆
迷迭香 適量

醃料

鹽 適量
黑胡椒粉 適量

溫度 180℃
時間 8 分鐘

作法

1. 牛排雙面撒上鹽、黑胡椒粉抹勻。
2. 將牛排放在煎烤盤上，擺上大蒜、迷迭香。
3. 再放入氣炸鍋中。調整 180℃氣炸約 8 分鐘，至時間結束即可。

外酥內嫩清爽不油

62 炸肋排

溫度 200℃
時間 25 分鐘

材料

豬肋排 1000 公克、地瓜粉適量

醃料

雞蛋 1 顆、白胡椒 1 茶匙、米酒 2 大匙、
鹽 1 茶匙、細糖 2 茶匙、太白粉 3 大匙

作法

1. 豬肋排與醃料拌勻，靜置醃漬 10 分鐘。
2. 作法 1 均勻沾裹地瓜粉，再放在烤盤上，表面抹上適量油。
3. 作法 2 放入氣炸鍋中，選擇 180℃，氣炸 25 分鐘。
4. 取出可以撒上蒜末、辣椒末（分量外）即可。

香濃多汁允指回味

63 烤肋排

溫度 180℃
時間 30 分鐘

材料

A 豬肋排 500 公克
鹽 適量
黑胡椒粉 適量
米酒 適量
B 蒜泥 50 公克
薑泥 30 公克
A1 牛排醬 40 公克
辣椒醬 40 公克
蜂蜜 100 公克
番茄醬 150 公克

作法

1. 將材料 B 攪拌均勻成蜜汁烤肉醬備用。
2. 豬肋排表面劃刀後均勻抹上鹽、黑胡椒、米酒醃漬約 30 分鐘。
3. 將豬肋排放入氣炸鍋的烤盤後，設定 180℃，氣炸約 10 分鐘。
4. 再於豬肋排表面均勻刷上蜜汁烤肉醬後，設定 180℃，續氣炸約 10 分鐘。
5. 再刷上醬汁，繼續 180℃氣炸約 10 分鐘即可。

溫度 200℃
時間 12 分鐘

比炒的更方便
比炸得更鮮嫩

64
蒜香蛤蜊

材料

蛤蜊 600 公克
蒜末 30 公克
米酒 2 大匙

作法

1. 耐熱容器放入氣炸鍋中。
2. 再放入蛤蜊、蒜末與米酒。
3. 設定 200℃氣炸 12 分鐘即可。

溫度 180、200 ℃
時間 15、15 分鐘

氣炸也能
煸薑爆香

65 三杯中卷

材料

A 中卷 300 公克
B 麻油 2 大匙
薑片 30 公克
蒜頭 30 公克
辣椒片 1 支
C 醬油膏 2 大匙
米酒 1 大匙
九層塔 15 公克

作法

1. 麻油、薑片、蒜頭、辣椒片放入氣炸鍋中，設定180℃氣炸 15 分鐘。
2. 將煸好的辛香料與油倒出備用。
3. 氣炸鍋放入濾油烤架，放入中卷，設定 200℃氣炸 10 分鐘。
4. 取出中卷，倒除氣炸出的水分，再放回中卷與材料 C。
5. 設定 200℃氣炸 5 分鐘即可。

66 鹽酥蝦

溫度 200℃
時間 10分鐘

材料

草蝦 8尾
蔥花 15公克
蒜末 15公克
辣椒 10公克
胡椒鹽 1大匙

作法

1. 將草蝦放入烤盤後於表面刷上少許油，再放入氣炸鍋中。
2. 設定200℃氣炸約8分鐘。
3. 取出再撒上胡椒鹽、蒜末、辣椒末與蔥花，再氣炸2分鐘即可。

鹹酥夠味下酒好菜

不油爆不易破皮

67 炸鯧魚

材料

鯧魚 1尾
地瓜粉 適量

醃料

鹽 適量
白胡椒粉 適量

溫度 200℃
時間 20 分鐘

作法

1. 鯧魚表面劃刀，撒上鹽、白胡椒粉抹勻，再均勻沾裹上地瓜粉。
2. 將鯧魚放在烤盤上，再放入氣炸鍋中。
3. 設定 200℃，氣炸約 20 分鐘即可。

魚再也不怕肉碎皮破

68 烤虱目魚肚

材料

虱目魚片 1 片
鹽 少許
米酒 少許

作法

1. 虱目魚肚抹上鹽、米酒。
2. 將虱目魚肚放入烤盤中，再放入氣炸鍋中。
3. 調整溫度到 200℃，設定 12 分鐘即可。

溫度 200℃
時間 12 分鐘

溫度 200℃
時間 15 分鐘

不用起油鍋炸魚一樣方便

69 炸魚頭

材料

A 鰱魚頭　1個
　地瓜粉　適量
B 鹽　適量
　白胡椒粉　適量
　米酒　2茶匙

作法

1. 鰱魚頭抹上材料 B，均勻沾上地瓜粉。
2. 將鰱魚頭放入烤盤中，抹上油，再放入氣炸鍋中。
3. 調整溫度到 200℃，設定 15 分鐘。
4. 搭配火鍋一起食用，做成砂鍋魚頭即可。

氣炸鍋也能做煎餅！

70
海鮮煎餅

材料

A 低筋麵粉　100 公克
糯米粉　50 公克
泡打粉　1/2 茶匙
鹽　1/4 茶匙
糖　1 茶匙
白胡椒粉　少許
水　150cc
雞蛋　1 顆
油　1 大匙

B 透抽（燙熟）100 公克
蝦仁（燙熟）100 公克
韭菜段 30 公克
胡蘿蔔絲 20 公克
高麗菜絲 80 公克
蔥絲 20 公克

作法

1. 所有材料 A 混合均勻，放入材料 B 混合拌勻成麵糊。
2. 不沾烘烤鍋上抹油，倒入作法 1 的麵糊。
3. 放入氣炸鍋中，選擇 180℃氣炸 20 分鐘即可。

溫度 180℃
時間 20 分鐘

不必起油鍋
也能酥炸大雞腿

溫度 180℃
時間 30分鐘

71
便當炸大雞腿

材料

大雞腿 2 支
地瓜粉 適量

醃料

蔥段 30 公克
薑片 30 公克
米酒 2 大匙
鹽 1/4 茶匙
糖 1/2 茶匙
醬油 1 大匙
白胡椒粉 1/2 茶匙

作法

1. 雞腿在關節處劃兩刀。
2. 所有醃料混和均勻抓勻。
3. 雞腿放入醃料中，抓勻後醃漬 30 分鐘。
4. 雞腿均勻沾裹上地瓜粉，放入氣炸鍋中，噴上少許油。
5. 設定 180℃氣炸 15 分鐘，打開翻面，再 180℃氣炸 15 分鐘。

72麥片雞腿

材料

小翅腿 6 支
麵粉 適量
蛋液 適量
燕麥片 適量

醃料

鹽 1/4 茶匙
粗黑胡椒粉 1/2 茶匙
香蒜粉 1/2 茶匙
米酒 1 大匙
糖 1/2 茶匙

作法

1. 雞腿將肉少的那端劃一圈切斷，將肉往肉多的一端推過去。將所有醃料混和均勻。
2. 將雞腿放入醃料中抓勻，醃漬 10 分鐘。
3. 將雞腿依序沾裹上麵粉、蛋液、燕麥片。
4. 再將雞腿放入氣炸鍋中，噴上少許油。
5. 設定 170℃氣炸 15 分鐘即可。

溫度 170℃

時間 15分鐘

比用麵包粉更有口感

肉嫩不柴搭上鹹香蔥鹽好滋味

溫度 200℃

時間 15 分鐘

73
蔥鹽嫩烤豬排

材料

A 梅肉排 2 片
（1 片約 250 公克）

B 鹽 適量
胡椒粉 適量
油 適量

C 鹽 1/2 茶匙
蔥泥 150 公克

作法

1. 將梅肉排表面白色的地方切斷。
2. 兩面抹上鹽、胡椒粉、油，放入氣炸鍋中。
3. 設定 200℃，氣炸 15 分鐘。
4. 取出盛盤，將材料 C 混合成蔥泥，搭配食用即可。

74千層豬排

材料

A 梅花肉片　6 片
B 鹽　適量
　黑胡椒粉　適量
C 低筋麵粉　適量
　蛋液　適量
　麵包粉 適量

作法

1. 取一片肉片撒上材料B，再疊上一片肉片，再撒上材料B，重複步驟共疊6片。
2. 將疊好的肉片捲起。
3. 再依序沾上低筋麵粉、蛋液、麵包粉。
4. 放入氣炸鍋中，表面噴上少許油。
5. 設定 180℃，氣炸 10 分鐘，時間到後打開翻面，再噴少許油。
6. 設定 180℃，氣炸 5 分鐘即可。

溫度 180℃
時間 15分鐘

層層口感
比整塊的更嫩

溫度 200℃
時間 9 分鐘

75 素醬烤小捲

材料

杏鮑菇 2支
金針菇 1把
素烤肉醬 適量
白芝麻 適量

作法

1. 杏鮑菇縱切約 0.3 公分厚的長片，表面再切花。
2. 杏鮑菇放入沸水中汆燙 10 秒，取出泡冷水後瀝乾。
3. 將杏鮑菇片包捲起切小段的金針菇，字用牙籤固定。
4. 放入氣炸鍋中，表面噴上少許油，設定 200℃、8 分鐘。
5. 打開塗上素烤肉醬，再氣炸 1 分鐘。
6. 取出撒上白芝麻即可。

76 素椒麻雞

材料

A 鮑魚菇 300 公克 、地瓜粉適量 、小黃瓜絲適量

B 鹽 1/2 茶匙、糖 1/2 茶匙、薑泥 20 公克 、五香粉 1/4 茶匙、太白粉 1 大匙 、白胡椒粉 1/2 茶匙 、水 1 大匙

C 醬油 20ml、檸檬汁 30ml 、冷開水 2 大匙、糖 1 大匙、香菜末 15 公克 、辣椒末 15 公克

作法

1. 鮑魚菇放入沸水中汆燙 10 秒，取出泡冷水後瀝乾。
2. 鮑魚菇加入材料 B 抓勻，再均勻沾裹上地瓜粉。
3. 再放入氣炸鍋中，表面噴上少許油，設定 200℃、10 分鐘。
4. 材料 C 混合成素椒麻醬。
5. 氣炸後取出，放在小黃瓜絲上，淋上素椒麻醬即可。

菇變雞！
嚇一跳的微妙滋味

溫度 200℃

時間 10 分鐘

77 炸素蚵仔酥

材料

草菇 300 公克
地瓜粉 適量
胡椒鹽 適量
香菜末 適量

作法

1. 草菇放入沸水中汆燙 15 秒，取出泡冷水後瀝乾。
2. 草菇均勻沾裹上地瓜粉。
3. 放入氣炸鍋中，噴上少許油，設定 200℃、10 分鐘。
4. 氣炸完成後加上椒鹽與香菜末即可食用。

好吃到分不出
是草菇還是鮮蚵

溫度 200℃
時間 10 分鐘

溫度 180℃

時間 20 分鐘

78 雞翅包

材料

雞翅膀 6 支
油飯 適量

醃料

鹽 1/4 茶匙
糖 1 茶匙
醬油 1 茶匙
米酒 1 大匙
白胡椒粉 1/2 茶匙

作法

1. 雞翅在關節處劃一圈切斷，將肉往雞翅尖端推過去，取出雞骨。
2. 加入醃料醃約 20 分鐘。
3. 從缺口塞入約 30 公克的油飯，再用牙籤封口。
4. 放入氣炸鍋中，設定 180℃，氣炸 10 分鐘。
5. 打開翻面，以 180℃，回炸 10 分鐘即可。

PART 04

點心宵夜、吐司、甜點

法式土司、炸雞塊、炸薯條，
常見的點心教你用氣炸做，
創意的花式炸饅頭、深鍋披薩、吐司磚烘蛋⋯
氣炸一樣很美味。

點心也不是非炸不可

許多中式點心免不了要炸，炸了香酥好吃，也吸了許多油。
氣炸是個好選擇，媲美油炸香酥口感。
連烘烤點心都可以用氣炸完成。

79 少油鹹酥雞

材料

去皮雞胸肉 1 塊
地瓜粉 適量
蒜末 適量

醃料

蒜泥 1 大匙
薑粉 1/4 茶匙
五香粉 1/4 茶匙
醬油膏 1 大匙
米酒 1 大匙
糖 1/2 茶匙

作法

1. 雞胸肉切成一口大小塊狀。
2. 將醃料混合均勻，放入雞胸肉抓勻，醃漬約 2 小時。
3. 再將雞胸肉均勻沾上地瓜粉。
4. 將雞胸肉放在煎烤盤，再放入氣炸鍋中，雞胸肉表面塗上少許油。
5. 以 200℃氣炸約 7 分鐘，打開丟入蒜末，再氣炸 1 分鐘即可。

減油80%無罪惡感！
溫度200°C
時間 8 分鐘

溫度 180℃

時間 15 分鐘

薄！脆！香！
短時間烘炸出
薄脆口感

80 薄皮炸雞

材料

雞肉　1200 公克
玉米粉　適量

醃料

鹽　1/2 茶匙
糖　1 茶匙
香蒜粉　1 茶匙
洋蔥粉　1 茶匙
黑胡椒粉　1 茶匙
白酒　1 大匙
雞蛋　1 顆

作法

將雞肉與醃料混合抓勻，靜置約 4 小時使之入味。

2. 取一個盤子裝滿玉米粉，讓醃置好的雞塊均勻沾裹玉米粉，放入氣炸鍋烤盤。
3. 設定溫度 180℃，氣炸約 15 分鐘即可。

81
氣炸嫩雞排

溫度 200℃
時間 10 分鐘

材料
去皮雞胸肉　1 塊
地瓜粉　適量

醃料
米酒　1 大匙
蒜泥　2 茶匙
鹽　1/2 茶匙
糖　少許
五香粉　少許
白胡椒粉　1/4 茶匙

作法
1. 雞胸橫剖成蝴蝶片。
2. 將醃料混合均勻，放入雞胸肉片沾裹均勻，醃漬約 2 小時。
3. 再將雞胸肉均勻沾上地瓜粉。
4. 將雞胸肉放在煎烤盤，再放入氣炸鍋中，雞胸肉表面塗上少許油。
5. 以 200℃氣炸約 10 分鐘即可。

氣炸 vs. 油炸 比一比

氣炸少油清爽又酥脆；含炸含油量多且易焦黑口感差。

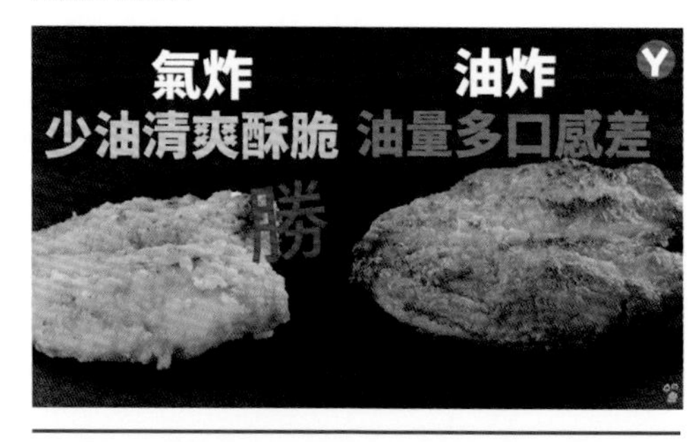

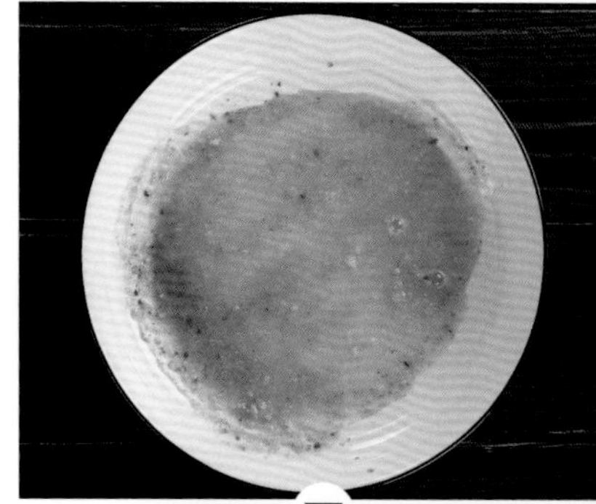

免油炸
也能外酥內嫩

82
炸花枝

材料

花枝（切條） 200 公克
地瓜粉 適量

醃料

鹽 1/4 茶匙
白胡椒 1/4 茶匙
蛋黃 1 顆

五味醬

紅辣椒末 10 公克
蒜末 15 公克
蔥花 10 公克
香菜末 10 公克
番茄醬 50 公克
醬油膏 20 公克
烏醋 30 公克
細糖 30 公克
香油 1 茶匙

溫度 200℃
時間 12 分鐘

作法

1. 花枝條與醃料拌勻醃漬，沾上地瓜粉
2. 將花枝條放入烤盤中，表面刷上適量油。
3. 將作法 2 放入氣炸鍋中，選擇 200℃，氣炸約 12 分鐘。
4. 所有五味醬材料拌勻，炸花枝搭配五味醬食用即可。

溫度 180℃
時間 8 分鐘

排隊美食的台式熱狗

83 大腸包小腸

材料

糯米腸 3 根
香腸 3 根
酸菜 少許
醬油膏 少許
香菜 少許

作法

1. 將香腸、糯米腸放入氣炸鍋內，表面噴少許油。
2. 設定溫度 180℃，氣炸約 8 分鐘。
3. 待氣炸完畢，將糯米腸切開，刷上醬油膏，放上酸菜與香腸，最後撒上香菜即可。

84 炸綜合蔬菜

溫度 200℃
時間 5 分鐘

材料

白花椰菜　100 公克
鮮香菇　100 公克
青椒　100 公克
椒鹽粉　適量

作法

1. 所有蔬菜放入可拆式不沾烤網籃中，表面噴上少許油，放入氣炸鍋中。
2. 以 200℃氣炸約 5 分鐘。
3. 撒上椒鹽粉即可。

氣炸小訣竅

高溫短時間氣炸，蔬菜清脆不易焦，口感更好。

吃炸蔬菜
不用去鹹酥雞攤

溫度 160℃
時間 20 分鐘

多汁香甜，
比用水煮得更好吃！

85 奶油玉米

材料

玉米　3 根
奶油塊　6 小塊
烘培紙　1 大張

作法

1. 將 1 根玉米對切成 2 塊，並裁切烘培紙符合玉米大小，
2. 玉米放上烘培紙，玉米上下各放一塊奶油塊，將烘培紙捲起如糖果狀。
3. 放入氣炸鍋設定溫度 160℃，氣炸 20 分鐘即可。

溫度 150、180 ℃

時間 15、7 分鐘

86
炸薯片

材料

馬鈴薯 1顆

椒鹽粉 適量

作法

1. 馬鈴薯切成 0.2 公分，泡水約 5 分鐘洗淨瀝乾。
2. 將薯片平均鋪在氣炸鍋烤網內，表面刷上少許油，設定溫度 150℃，氣炸約 15 分鐘。
3. 中途打開用筷子將薯片稍微撥開防止沾黏。
4. 待時間結束，再設定 180℃，氣炸約 7 分鐘，起鍋撒上椒鹽即可。

氣炸小訣竅

二次回炸將水分炸乾更酥脆！

溫度 190℃
時間 15 分鐘
超清爽口感好涮嘴

87 炸地瓜條

材料

地瓜 300 公克
梅子粉 適量

作法

1. 地瓜去皮切條，放入清水中浸泡 1 分鐘後撈出。地瓜放入炸籃中（不重疊），放入底座中，再抹上適量油。
2. 將炸籃放入氣炸鍋中，設定 190℃，氣炸約 15 分鐘。
3. 炸好後取出，撒上梅子粉即可。

氣炸小訣竅

地瓜去皮後洗去表面澱粉，就不易變黑。

88 韓式炸雞　韓風滋味好美味

材料

雞肉 1200 公克
玉米粉 適量

醃料

醬油 1 大匙
糖 2 茶匙
辣椒粉 1 茶匙
白胡椒粉 1 茶匙
香蒜粉 1 茶匙
米酒 2 大匙

拌醬

蒜末 10 公克
洋蔥末 30 公克
韓式辣醬 2 大匙
番茄醬 2 大匙
糖稀 3 大匙
水 2 大匙
奶油塊 1 塊

作法

1. 將雞肉與醃料混和抓勻，靜置約 4 小時使之入味。
2. 取一個盤子裝滿玉米粉，讓醃置好的雞塊均勻沾裹玉米粉，放入氣炸鍋烤盤，設定溫度 180℃，氣炸 15 分鐘。
3. 另取炒鍋融化奶油，炒香蒜末與洋蔥末，並加入韓式辣醬、番茄醬、糖稀與水煮至滾。
4. 將炸好的炸雞拌入，翻炒至醬汁均勻包裹，起鍋再撒上白芝麻即可。

溫度 180℃
時間 15 分鐘

89 油飯包

材料
雞頸皮 10片（100公克）
市售油飯 1份
玉米粉 適量

醃料
白胡椒粉 1/2茶匙
五香粉 1/4茶匙
醬油 2茶匙
糖 1/2茶匙
米酒 2茶匙

作法
1. 將雞皮與醃料混合均勻，靜置5分鐘。
2. 醃漬好的雞皮用牙籤將一端開口串緊，並塞滿油飯，另一開口再用牙籤串緊即可。
3. 塞好的油飯包表面沾滿玉米粉，放入氣炸鍋內，表面刷上少許油，溫度設定180℃，氣炸12分鐘即可。

台式風味紮實開胃

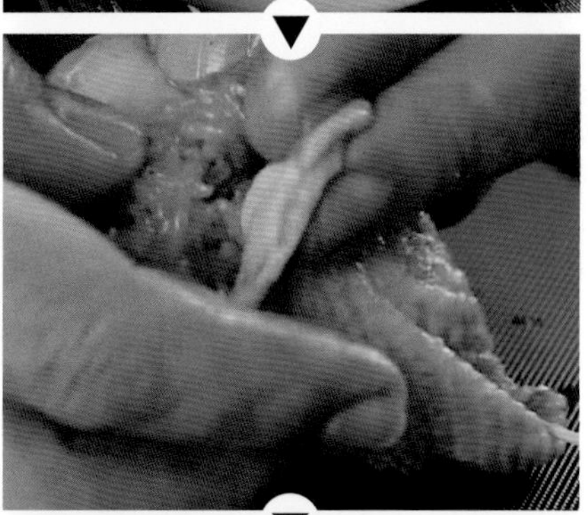

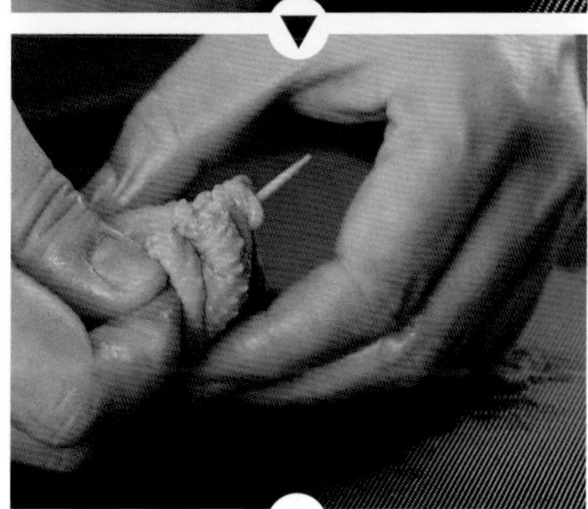

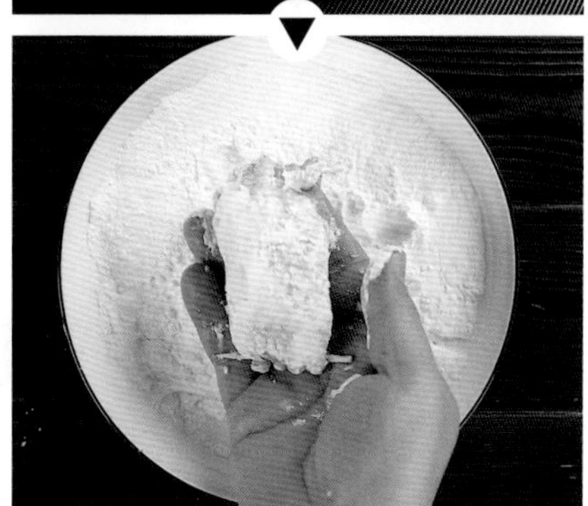

溫度 180℃
時間 12分鐘

燒烤氣炸一次完成

90 烤肉串+炸花枝丸

溫度 200°C
時間 15 分鐘

材料

松阪肉（切塊）300 公克
紅甜椒塊 100 公克
黃甜椒塊 100 公克
蔥段 100 公克
花枝丸 12 顆
烤肉醬 適量

作法

1. 取肉串串上松阪肉、紅黃甜椒塊和蔥段。
2. 取烤網放入花枝丸，擺上雙層串燒架和烤肉串。
3. 將作法 2 放入氣炸鍋中，選擇 200℃，氣炸約 15 分鐘。
4. 取出於烤肉串上面塗上烤肉醬即可。

免起油鍋炸出香酥豬血糕

91 香酥豬血糕

材料

豬血糕 500 公克
花生粉 少許
香菜 少許
甜辣醬 適量

溫度 200℃
時間 10 分鐘

作法

1. 豬血糕切小塊，放入氣炸鍋，表面噴上少許油。
2. 設定溫度 200℃，氣炸約 10 分鐘。
3. 待氣炸完畢，淋上甜辣醬、撒上花生粉，最後放上香菜即可。

溫度 180℃
時間 8 分鐘

只要8分鐘
比去買還快!

92 炸甜不辣

材料

甜不辣 250 公克
椒鹽粉 適量

作法

1. 甜不辣切成長條狀放入氣炸鍋中。
2. 設定溫度 180℃，氣炸 8 分鐘。
3. 起鍋撒上椒鹽即可。

93
酥炸小湯圓

溫度 160℃
時間 6 分鐘

材料

小湯圓（炸湯圓專用）200 公克
花生粉 適量
糖 適量

作法

1. 冷凍的小湯圓放入氣炸鍋內，表面均勻噴上少許油。
2. 設定溫度 160℃，氣炸 6 分鐘。
3. 將花生粉與糖粉均勻混合，待氣炸完畢，取出撒在上小湯圓上即可。

氣炸小訣竅

湯圓要冷凍直接去氣炸才不易沾黏。

溫度 180、160 ℃

時間 8、7 分鐘

酥脆上色加蛋更好吃！

94
太陽蛋蔥油餅

材料

冷凍蔥油餅 1片
雞蛋 1顆

作法

1. 冷凍蔥油餅皮直接放入不沾煎烤盤中，表面噴少許油。
2. 設定溫度 180℃，氣炸 8 分鐘。
3. 待氣炸完畢，用湯匙在餅皮中央稍微往下壓，打入雞蛋。
4. 再設定溫度 160℃，氣炸 7 分鐘。
5. 出爐後可依個人喜好塗上醬汁。

不沾粘不膩口蓬鬆Q彈

95炸日式麻糬

材料

日式麻糬 6塊
黑糖醬油 適量

作法

1. 日式麻糬放入氣炸鍋內，表面均勻噴上少許油。
2. 設定溫度 180℃，氣炸 8 分鐘。
3. 待時間完畢，取出沾黑糖醬油即可。

溫度 180℃
時間 8 分鐘

溫度 170℃

時間 10 分鐘

96 法式吐司

材料
厚片吐司 1 片
雞蛋 4 顆
牛奶 150ml
奶油 少許
蜂蜜 少許

作法
1. 雞蛋加牛奶混合成蛋奶液。
2. 吐司浸泡蛋奶液，靜置 10 分鐘，讓吐司吸飽蛋液。
3. 氣炸鍋的烘烤鍋中塗上少許奶油。
4. 將吐司放入烘烤氣炸中，再放入氣炸鍋中。
5. 以 170℃烤約 10 分鐘，起鍋淋上蜂蜜即可。

氣炸小訣竅

烤盤中塗上奶油，可以讓吐司表皮更香更酥脆！

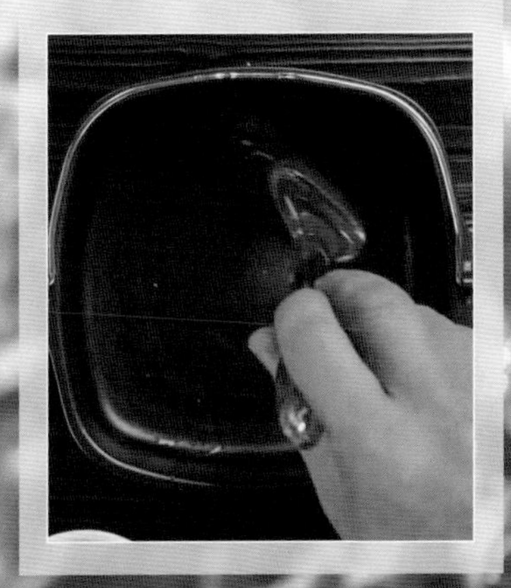

飽滿多汁軟嫩好吃

比烤箱烤得更好吃

97 吐司布丁

材料

厚片吐司 3 片
雞蛋 4 顆
果乾 適量
牛奶 400ml
糖 100 公克

氣炸小訣竅

一定要靜置 10 分鐘以上，吸飽蛋液的吐司氣炸後會更軟嫩。

作法

1. 雞蛋加糖、牛奶混合均勻成蛋奶液。
2. 厚片吐司去邊切大塊，放入烘烤盤中。
3. 將蛋奶液倒入烘烤鍋中，再撒上果乾。
4. 靜置 10 分鐘讓吐司吸飽蛋液。
5. 放入氣炸鍋中，以 150℃烤約 15 分鐘即可。

98
太陽蛋吐司

溫度 200℃
時間 12 分鐘

材料

厚片吐司 1 片
雞蛋 3 顆

作法

1. 吐司中間壓出一個圓洞。
2. 氣炸鍋烘烤鍋中塗上少許油。
3. 將吐司放入烘烤鍋中，在吐司圓洞中打入雞蛋。
4. 放入氣炸鍋中，以 200℃烤約 12 分鐘即可。

多層次風味好過癮

99 千層吐司

溫度 180℃
時間 6 分鐘

材料
薄片吐司 3 片
雞蛋 1 顆
市售肉醬 適量
起司片 2 片

作法
1. 烘烤鍋中放入一片吐司，塗上一層肉醬，再放上一片起司片，蓋上另一片吐司。
2. 再塗上一層肉醬，放上一片起司片，再蓋上一片吐司。
3. 最上面圍上一圈肉醬，中間打入雞蛋。
4. 放入氣炸鍋中，以 180℃氣炸約 6 分鐘即可。

鹹甜鬆軟
超乎想像的新口感！

溫度 170℃
時間 10 分鐘

100 腐乳吐司

材料
厚片吐司 1 片
豆腐乳 適量
蛋 5 顆
牛奶 150cc
細糖 適量

作法
1. 將蛋與牛奶打成蛋液。
2. 厚片土司均勻抹上豆腐乳，再浸泡牛奶蛋液約 30 分鐘。
3. 將吸飽蛋液的吐司放入氣炸鍋中，設定 170℃氣炸約 10 鐘。
4. 起鍋後撒上細糖即可。

101吐司磚烘蛋

材料

厚片吐司（切小塊）2 片
雞蛋 6 顆
彩椒丁 120 公克
熱狗丁 60 公克
鹽 1/2 茶匙
黑胡椒粒 少許

作法

1. 烘烤鍋中放入熱狗丁、彩椒丁、吐司丁。
2. 加入雞蛋、鹽、黑胡椒粒拌勻。
3. 放入氣炸鍋中，以 150℃氣炸約 17 分鐘即可。

溫度 150℃
時間 17 分鐘

氣炸小訣竅

烘蛋加了吐司磚變得厚實更有口感，吸收蛋液的吐司也滑嫩可口。

溫度 170°C
時間 12 分鐘

免揉麵糰也能
做出深鍋披薩

102 深鍋吐司披薩

材料

厚片吐司 1 片
雞蛋 4 顆
牛奶 150ml
起司絲 適量
番茄醬 適量
洋蔥丁 30 公克
彩椒丁 100 公克
熟蝦仁 100 公克
培根碎（先煎香） 100 公克

作法

1. 雞蛋加牛奶混合均勻成蛋奶液。
2. 厚片吐司去邊切大塊，吐司浸泡蛋奶液，靜置 10 分鐘，讓吐司吸飽蛋液後放入烘烤鍋中。
3. 烘烤盤中抹少許油，放入厚片吐司，用湯匙把吐司壓凹陷下去。
4. 在吐司凹陷處撒入起司絲，再擠上番茄醬抹勻。
5. 再撒上洋蔥丁、彩椒丁、蝦仁與培根碎。
6. 將餡料壓扎實，再撒上一層起司絲。
7. 放入氣炸鍋中，以 170℃氣炸約 12 分鐘即可。

綿密香濃銀絲卷的新吃法!

溫度 180°C
時間 6 分鐘

103 火腿起司銀絲卷

材料

銀絲卷 1條
起司片 4片
火腿 7片
起司絲 適量

作法

1. 火腿切片備用。
2. 銀絲卷橫放表面直劃7刀，將起司絲塞入每個開口中，再將火腿片與起司片夾入。
3. 放入氣炸鍋，設定溫度 180°C 氣炸約6分鐘，待時間完畢後即可撕開食用。

鹹香夠味厚實好過癮

104
鴨胸蒜苗起司饅頭

溫度 180℃
時間 6 分鐘

材料

山東大饅頭 1 顆
鴨胸 1 片
蒜苗 30 公克
起司絲 適量

作法

1. 山東大饅頭表面斜切各 2 刀成九格。
2. 鴨胸切成長條狀、蒜苗切斜薄片備用。
3. 將起司絲均勻塞入各開口中，再將鴨胸、蒜苗塞入。
4. 入氣炸鍋設定溫度 180℃氣炸約 6 分鐘，待時間完畢後即可撕開食用。

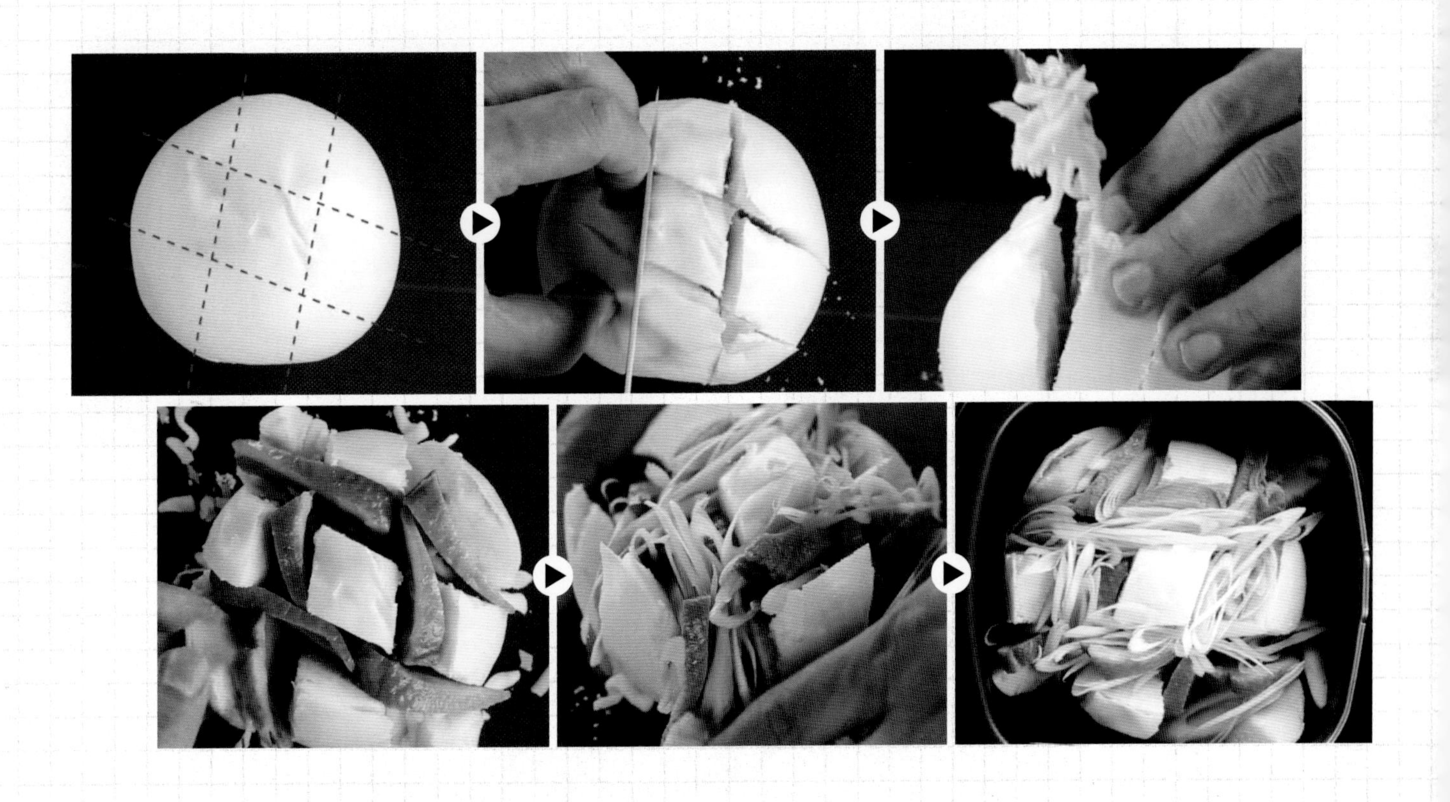

105 雙蛋起司饅頭

材料

雜糧饅頭　1顆
皮蛋　1顆
鹹蛋　1顆
雙色起司絲　適量

作法

1. 雜糧饅頭表面直劃3刀、橫切2刀。
2. 皮蛋煮熟、鹹蛋蒸熟後均切碎備用。
3. 將起司絲均勻塞入雜糧饅頭每個開口中，再將皮蛋碎、鹹蛋碎撒上。
4. 放入氣炸鍋設定溫度180℃氣炸約6分鐘，待時間完畢後即可撕開食用。

溫度 180℃
時間 6 分鐘

皮蛋鹹蛋雙重好滋味

106 棉花糖起司饅頭

溫度 180℃
時間 5 分鐘

材料

黑糖饅頭 1顆
巧克力餅乾 適量
棉花糖 適量
起司絲 適量

作法

1. 黑糖饅頭表面橫向斜切3刀，直向2刀。
2. 把巧克力餅乾的內餡取出，取塑膠袋將巧克力餅乾放入，用桿麵棍把餅乾敲碎即可。
3. 將饅頭開口內塞入起司絲，再將棉花糖撒入開口中，並撒上巧克力餅乾與起司絲。
4. 放入氣炸鍋設定溫度180℃氣炸約5分鐘，待時間完畢後即可撕開食用。

甜蜜酥脆難以抗拒

溫度 200℃
時間 6 分鐘

不油膩色澤均勻漂亮

107 炸饅頭

氣炸 vs. 油炸 比一比

因為饅頭類食材易吸油，用氣炸的方式，色澤均勻且不含油；若用油炸易焦且含油多，吃起太油膩。

材料

饅頭或銀絲卷 6 顆

作法

❶ 饅頭放入烤網中，再放入氣炸鍋中，表面塗上少許油。
❷ 調整溫度至 200℃，氣炸 6 分鐘即可。

氣炸小訣竅

炸好的饅頭，搭配煉乳、楓糖或蜂蜜吃起來酥脆又甜蜜蜜，當然搭配鹹味的沾醬也很好吃唷。

用冷凍物迅速完成

108 炸物拼盤

材料

冷凍雞塊 適量
冷凍薯條 適量
冷凍雞柳條 適量
冷凍洋蔥圈 適量
冷凍起司條 適量

溫度 200℃
時間 5~9 分鐘

作法

1. 將冷凍食品分別放入氣炸鍋中。
2. 以 200℃，雞塊氣炸 6 分鐘、薯條氣炸 9 分鐘、雞柳條氣炸 7 分鐘、洋蔥圈氣炸 5 分鐘、起司條氣炸 7 分鐘即可。

109 黑白芝麻炸雞柳

表皮芝麻香酥
雞肉鮮嫩多汁

溫度 200℃
時間 9 分鐘

材料

A 雞胸肉 4 塊
生黑芝麻 適量
生白芝麻適量

B 醬油 1 大匙
鹽 1/2 茶匙
黑胡椒 1 茶匙
蒜泥 2 大匙
米酒 2 大匙
雞蛋 2 顆

作法

1. 所有材料 B 混合均勻，放入胸肉抓勻醃漬 1 個小時即可。
2. 將雞里肌分別兩面均勻沾裹上生黑芝麻、生白芝麻，用手壓一壓。
3. 將雞里肌放入氣炸鍋中，表面再噴少許油。
4. 設定 200℃，氣炸 5 分鐘，時間到取出翻面，再以 200℃，氣炸 4 分鐘即可。

110
炸餃子

材料

餃子 10 個

作法

1. 將餃子放在烤盤上，表面抹上適量油。
2. 放入氣炸鍋中，調整溫度至 180℃，氣炸 10 分鐘即可。

溫度 180℃

時間 10 分鐘

超酥脆不吸油好爽口

111
窯烤地瓜

材料

地瓜　5 顆

作法

1. 地瓜洗淨後吸乾表面水分。
2. 將地瓜放入烤網中，設定溫度 180℃，氣炸 30 分鐘，至時間結束即可。

溫度 180℃

時間 30 分鐘

早餐來顆帶蜜地瓜營養滿點

溫度 180℃

時間 10 分鐘

濃郁如絲綢滑順

112 熔岩巧克力蛋糕

（可做100cc烤模八份）/每份85公克

材料

巧克力 150 公克
奶油 150 公克
糖 65 公克
低筋麵粉 50 公克
新鮮雞蛋 3 顆
可可粉適量

作法

1. 烤模內緣刷上奶油，再舀一匙可可粉倒入烤模中，轉一圈讓可可粉附著於內緣，將多餘可可粉倒除。
2. 巧克力與奶油放入容器，隔水加熱至融化並均勻攪拌。
3. 將蛋與糖均勻攪拌打勻至糖融化即可，再與巧克力奶油餡攪拌。
4. 麵粉過篩後加入巧克力餡拌勻至無顆粒且滑順，倒入烤模中（約 9 分滿），放入冰箱冷藏至表面凝固。
5. 放入氣炸鍋中設定溫度 180℃、10 分鐘，待時間運作完畢後倒扣於盤上即可食用。

濕潤又綿密
超簡單零失敗

113
氣炸鍋烤磅蛋糕

材料

奶油 100 公克
糖 100 公克
雞蛋 2 顆
低筋麵粉 100 公克
蔓越莓乾 適量

溫度 160°C
時間 20 分鐘

作法

1. 奶油放置室溫軟化後，加入糖半打均勻。
2. 分次加入雞蛋拌打成滑順狀態。
3. 加入過篩的低筋麵粉，以刮刀輕輕攪拌均勻。
4. 再拌入蔓越莓乾拌勻成麵糊。
5. 將麵糊倒入烘烤盤，放入氣炸鍋中，以 160℃氣炸約 20 分鐘即可。

驚人好吃！難分難捨的脆口！

溫度 180℃
時間 15 分鐘

114 蝴蝶酥

材料

市售酥皮 4 張
糖 適量

作法

1. 酥皮攤開表面刷水，均勻灑上糖。
2. 再重複疊上四張酥皮，每蓋上一張時壓平讓酥皮黏著在一起，最後將疊好的酥皮兩面灑上少許麵粉桿平。
3. 表面再刷少許水，灑上糖後 1/6 處左右向內摺再對摺，最後向中間摺成一個長方形，稍微壓平整型，放入冷凍約 10 分鐘。
4. 將酥皮取出橫放，切約 1.5 公分大小，單面沾糖，放入氣炸鍋中，設定溫度 180℃，氣炸 15 分鐘即可。

溫度 170℃

時間 10 分鐘

115
蜜汁叉燒酥

金黃酥皮
香甜蜜汁

材料

酥皮 3 張
叉燒肉 150 公克

叉燒醬材料

糖 60 公克
紅蔥酥油 1 大匙
醬油 30 公克
蠔油 25 公克
水 230ml
太白粉水 5 大匙

作法

❶ 水、糖、蠔油、醬油、紅蔥酥油倒入鍋中煮滾，加入太白粉水攪拌，放至涼成叉燒醬備用。
❷ 叉燒切成丁狀，再與冷卻後的叉燒醬混合均勻。
❸ 酥皮用杯子邊緣切下兩個圓形酥皮，表面灑上少許麵粉趕成橢圓形，舀一匙叉燒內餡放入，再將酥皮對折，表面用叉子戳小洞，放入氣炸鍋，表面刷上蛋黃液，設定溫度 170℃，氣炸 10 分鐘即可。

溫度 180℃
時間 10 分鐘

外酥內軟的極致！

116 葡式蛋塔

材料
市售酥皮　5 張

內餡材料
牛奶　200 公克
鮮奶油　100 公克
糖　60 公克
蛋黃　4 顆

作法
1. 將蛋黃、糖、鮮奶油、牛奶混合均勻，攪拌至糖無顆粒狀態，過濾備用。
2. 酥皮攤平，表面刷上少許水捲起，再接續下一張繼續捲起，如此反覆共五次，並拿去冷凍約 10 分鐘。
3. 將稍微冷凍好的酥皮捲橫放切約 1 公分大小，放入蛋塔模型中，拇指沾水推開，靜置鬆弛約 10 分鐘。
   靜置鬆弛防止烤時內縮
4. 蛋液倒入約 7 分滿，將蛋塔放入氣炸鍋，設定溫度 180℃，氣炸 10 分鐘即可。

大口咬下的
清甜好滋味

117
蘿蔔絲酥餅

材料
酥皮 2張

內餡材料
蘿蔔絲 400公克
蒜末 20公克
糖 1/4茶匙
白胡椒粉 1/2茶匙
鹽 1/2茶匙
蔥花 20公克
沙拉油 1大匙

作法
1. 鍋中倒入少許油炒香蒜末，加入蘿蔔絲炒至軟，並將水分炒乾。
2. 加入鹽、糖、白胡椒粉，炒均勻後加入蔥花攪拌，放涼備用。
3. 酥皮用杯子邊緣切下兩個圓形酥皮，表面刷上少許水，舀一匙內餡後用另一片酥皮蓋上，再用叉子壓緊邊緣。
4. 在蘿蔔酥餅的表面上戳小洞，放入氣炸鍋，表面刷上蛋黃液，設定溫度170℃，氣炸10分鐘即可。

118 酥皮咖哩餃

材料

酥皮 3 張

內餡材料

洋蔥丁 80 公克
蒜末 20 公克
豬絞肉 150 公克
咖哩粉 2 茶匙
沙拉油 1 大匙
水 50cc
鹽 1/2 茶匙
糖 1/2 茶匙
太白粉水 1 大匙

作法

1. 鍋內倒入一匙沙拉油，炒香蒜末後加入絞肉炒至變白鬆散。
2. 加入洋蔥與咖哩粉炒香，之後加入水、鹽、糖與太白粉水，煮滾後放涼備用。
3. 酥皮對切再對切成 4 小片，放入一小匙咖哩內餡，封口處刷上少許水以菱形邊的對角線折起，稍微壓緊。
4. 表面上戳小洞，放入氣炸鍋，表面刷上蛋黃液，設定溫度 170℃，氣炸 10 分鐘即可。

119 美式蘋果派

材料
酥皮 3 張

內餡材料
蘋果丁　150 公克
無鹽奶油　20 公克
檸檬汁　1 大匙
肉桂粉　少許
糖　30 公克

作法
1. 奶油炒蘋果至透，加入糖、檸檬汁與肉桂粉攪拌至糖融化，放涼備用。內餡放涼才好包
2. 酥皮直放對切成兩半，表面刷少許水後，舀一匙的蘋果內餡放在酥皮中間，上下 1/3 處往內對折，再將左右壓緊。
3. 用叉子在邊緣處壓出紋路，上方再斜劃兩刀，用叉子差出小孔防止烤時爆開，放入氣炸鍋，表面刷上蛋黃液，設定溫度 170℃，氣炸 10 分鐘即可。

溫度 170℃
時間 10 分鐘

酥鬆派皮X酸甜內餡
經典的美味！

120 氣炸甜甜圈

溫度 180℃
時間 10 分鐘

比油炸健康又好吃

材料

A 高筋麵粉 300 公克
糖 30 公克
鹽 1/4 茶匙
酵母粉 3 公克
奶油 20 公克
雞蛋 1 顆
水 150ml

B 糖粉 適量

作法

[揉麵糰]

❶ 將材料 A 混合後拌勻成糰。
❷ 先撒點麵粉將麵糰放在桌上，繼續揉至表面光滑。

[發酵]

❸ 放入盆中蓋上保鮮膜靜置發酵 1 小時。蓋保鮮膜可以防止麵糰表面變硬

[壓型狀]

❹ 先撒點麵粉取出麵糰放在桌上，桿成厚度約 0.5 公分。可適度撒麵粉防止沾黏，用杯子在麵糰上壓出外圈，再用瓶蓋壓出內圈，保留環狀的麵糰，其餘部分去除。

[二次發酵]

❺ 氣炸鍋中噴上少許油，將取下的環狀麵糰放氣炸鍋中，靜置發酵 30 分鐘。

[入鍋氣炸]

❻ 在麵糰上噴上少許油，設定 180℃，氣炸約 5 分鐘。
❼ 時間到打開翻面，再以 180℃，回炸約 5 分鐘。
❽ 取出撒上糖粉即可。

加點醬料風味更棒

可以將氣炸好的料理加上各種不同風味的醬料，滋味更上一層樓唷。

[三杯醬]

材料

醬油 200 cc、細砂糖 100 公克 、辣豆瓣醬 50 公克、水 200 cc、米酒 200 cc、白胡椒粉 1 大匙、甘草粉 1 大匙、薑片 50 公克、沙拉油 3 大匙

作法

❶ 熱鍋，爆香薑片加入辣豆瓣醬以小火炒約 2 分鐘至香味溢出。

❷ 加入其餘的材料煮至滾沸，轉小火煮滾約 1 分鐘後關火，取濾網將三杯醬中的殘渣濾掉即可。

[宮保醬]

材料

紅辣椒末 2 根、蒜末 30 公克、沙拉油 1 大匙、醬油 100 cc、水 200 cc、蠔油 2 大匙、番茄醬 3 大匙、細砂糖 4 大匙、梅林辣醬油 2 大匙、米酒 4 大匙、白醋 1 大匙

作法

❶ 熱鍋，加入少許沙拉油，以小火爆香紅辣椒末、蒜末至微焦，加入其餘的材料煮至滾沸。

❷ 續煮約 2 分鐘後關火，過濾殘渣即可。

[糖醋汁]

材料

水 400 cc、洋蔥絲 50 公克、紅辣椒片 1 根、蒜片 20 公克

調味料

白醋 200 cc、番茄醬 200 公克、烏醋 200 cc、細砂糖 400 公克、鹽 1 小匙

作法

❶ 洋蔥絲、紅辣椒片、蒜片和水放入鍋中，以微火煮約 5 分鐘後，瀝去殘渣，約剩 150cc 湯汁。

❷ 將作法 2 湯汁和所有調味料放入鍋中煮滾即可。

[魚香醬]

材料

豆瓣醬 100 公克、辣椒醬 100 公克、紹興酒 50 cc、蒜末 50 公克、薑末 30 公克、白醋 50 cc、細砂糖 6 大匙、醬油 50 cc、水 200cc

作法

❶ 豆瓣醬、辣椒醬和紹興酒加入果汁機中打勻。

❷ 熱鍋，加入少許油，以小火炒香蒜末和薑末。

❸ 加入作法 1 的醬汁炒至油色變紅且略有焦香味。

❹ 續加入其餘的材料翻炒至滾沸即可。

[豆豉醬]

材料

乾黑豆豉 25 公克、蒜末 10 公克、薑末 5 公克、蔥末 5 公克、細砂糖 1/2 小匙、醬油 1/2 小匙、米酒少許、白胡椒粉少許、開水少許

作法

❶ 乾黑豆豉略為沖洗，瀝乾水分、切碎；再將所有材料攪拌均勻即可。

[豆酥醬]

材料

豆酥碎 240 公克、辣椒醬 2 大匙、細砂糖 3 大匙、蒜末 40 克、薑末 30 克、沙拉油 300 cc

作法

❶ 熱鍋，加入沙拉油，以小火爆香蒜末和薑末，續加入辣椒醬炒香。

❷ 加入豆酥碎和細砂糖，以小火翻炒至豆酥微金黃色後關火放涼即可。

[紅燒汁]

材料

烏醋 50 cc、醬油膏 200 cc、蠔油 200 cc、細糖 100 公克、米酒 200 cc、甘草粉 2 大匙、蔥段 50 公克、薑片 50 公克、蒜片 30 公克

作法

❶ 熱油鍋，小火炒香蔥段、薑片和蒜仁片。

❷ 續加入其餘的材料煮滾後，轉小火煮滾約 1 分鐘後關火，濾掉渣即可。

[蒜蓉醬]

材料

蒜仁 30 公克、薑 10 公克、紅辣椒 5 公克、米酒 2 大匙、蠔油 1 大匙、細砂糖 1/2 小匙、魚露少許

作法

蒜仁、薑、紅辣椒切末，加入其餘材料，攪拌均勻即可。

[日式胡麻醬]

材料

芝麻醬 1 大匙、柴魚醬油 2 大匙、涼開水 1 大匙、蒜泥 10 公克、細砂糖 1 茶匙、香油 1 茶匙、熟白芝麻 1 茶匙

作法

芝麻醬先用涼開水調稀，再依序加入所有材料拌勻即可。

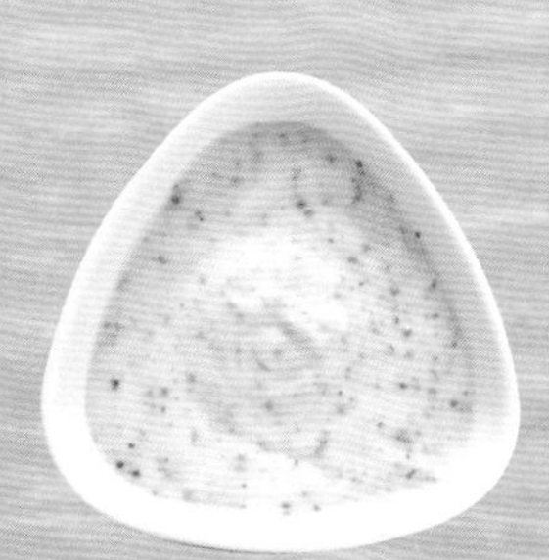

[凱薩沙拉醬]

材料

芥末籽醬 1/2 大匙、黃芥末醬 1 大匙、蒜末 1/2 小匙、鯷魚 1/4 小匙、起司粉 1/4 小匙、原味美奶滋 5 大匙

作法

蒜末加入鯷魚一起以湯匙壓碎，再加入其餘材料攪拌均勻即可。

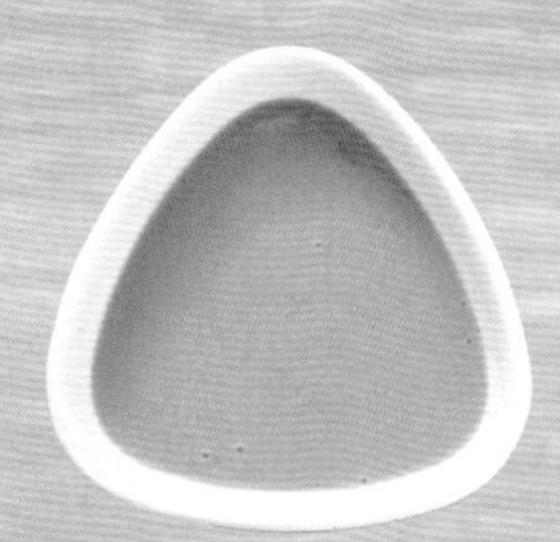

[千島沙拉醬]

材料

番茄醬 1 大匙、原味美奶滋 5 大匙

作法

所有材料攪拌均勻即可。

[原味美乃滋]

材料

蛋黃 2 顆、橄欖油 300 cc、白醋 100 cc

調味料

鹽 1 小匙、細砂糖 2 大匙

作法

1. 蛋黃加入細砂糖以打蛋器攪拌至呈現乳白色，加入 100 cc 橄欖油攪拌至濃稠狀。
2. 加入 1/2 白醋攪拌再加入 100 cc 橄欖油攪拌至濃稠狀。
3. 倒入剩餘 1/2 白醋攪拌再加入 100 cc 橄欖油攪拌至濃稠狀。
4. 加入鹽攪拌均勻調味即可。

[和風芥末子醬]

材料

A 水 4 大匙、淡色醬油 1 大匙、味醂 1 大匙、米醋 1 大匙

B 柴魚粉 1 公克、黃芥末籽醬 18 公克

作法

1. 將材料 A 混合均勻後，煮至沸騰，加入柴魚粉放涼。
2. 黃芥末籽醬放入容器中，分次少量加入作法 1 的醬汁拌勻即可。

[蔥油醬]

材料

蔥 100 公克、薑 50 公克、鹽 1 大匙、沙拉油 150cc

作法

1. 蔥、薑切末，放入碗中，加入鹽拌勻。
2. 熱鍋下沙拉油，燒熱至約 150℃，將沙拉油沖入作法 1 中，攪拌均勻即可。

[和風沙拉醬]

材料

和風醬油 2 大匙、味醂 1 大匙、醃漬梅肉 1 小匙、醃漬梅汁 1 大匙、香油 1 小匙

作法

1. 將醃漬梅肉切成小丁備用。
2. 將所有液態材料混合後，加入梅肉丁混合均勻即可。

[莎莎醬]

材料

番茄丁 150 公克、紅辣椒末 2 根、洋蔥末 80 公克、蒜末 30 公克、香菜末 8 公克、橄欖油 2 大匙、檸檬汁 2 大匙、水 50cc、鹽 1 茶匙、細砂糖 2 茶匙

作法

1. 熱鍋加入橄欖油，將紅辣椒末、洋蔥末、蒜末入鍋炒香。
2. 加入其他材料煮開放涼即可。

炸物神器氣炸鍋料理

2019 年 4 月 18 日出版‧2019 年 5 月 30 日二版 1 刷
定價 550 元　EAN：4712972653844

發行人　蔡秉釗
食譜圖文作者　楊桃文化事業有限公司
食譜示範　李德全‧江麗珠
編輯總監　黃倚崧
文字編輯　王玉君‧辜秋兒
美術主編　陳瑾儀
美術編輯　林俊良‧鍾雅惠‧吳淑勤‧吳沛澤
攝影組　葉仁琛‧陳俊吉‧吳至仟‧洪弘恩
圖片提供　楊桃文化
總經理　蔡齡儀
媒體行銷總監　李信宜‧曾弘達
電子商務總監　杜懷生
會計部　吳桂珍
業務部　邵小凡‧李侑霖‧黃世宇
行銷部　蔡孟翔
數位內容　白錦霞
資訊部　彭賢生‧蔡偉崙
發行部　馮天平‧林錦華‧蔡崇欽
總經銷　聯合發行股份有限公司
法律顧問　捷昇法律事務所‧張有捷律師
TEL／(02)2812-6146
FAX／(02)2812-3418

超多優惠看這裡

出版發行／楊桃文化事業有限公司
發行所／台灣 104 台北市南京東路 1 段 16 號 506 室
電話／(02)2581-9088　傳真／(02)2560-4997
506.No.16,NANKING E.ROAD,SEC.1,TAIPEI 104,TAIWAN
E-mail：service@ytower.com.tw
網址：www.ytower.com.tw
Facebook 及 Instagram 請搜尋 楊桃美食網
TEL／(02)2581-9088　FAX／(02)-2560-4997
印製／威鯨科技有限公司
登記證／行政院新聞局出版事業登記證
局版北市業字第 1007 號
郵政劃撥帳號／19056522
郵政劃撥戶名／楊桃文化事業有限公司
讀者服務專線／(02)2581-9088
讀者服務傳真／(02)2560-4997